Antoine

Œuvres & thèmes

Collection dirigée par Hélène Potelet et Georges Décote

Voltaire

Zadig

classiques Hatier

Un genre

Le conte philosophique

Paris 2004
ISBN 2-218-**74711**-1
ISSN 0184 0851

Bénédicte Bonnet,
certifiée de lettres modernes

HATIER

L'air du temps

Zadig

■ Voltaire écrit *Zadig* en 1747. Après la fin austère du règne de Louis XIV et l'atmosphère fastueuse et libertine de la Régence, Louis XV gouverne, sous l'influence de ses ministres et de ses favorites.
Le royaume s'oriente alors vers une déstabilisation politique et financière.

■ Les « philosophes » Montesquieu, Voltaire, Rousseau, Diderot… défendent un nouveau mode de pensée fait de liberté, de tolérance, de curiosité et veulent « éclairer » le monde des « lumières » de la raison.

À la même époque…

■ Développement des sciences et des techniques.

■ Publication de l'*Encyclopédie*, somme des idées nouvelles (1750-1772).

■ En peinture, Watteau (*Les Fêtes galantes*, 1718), Boucher (*Le Triomphe de Vénus*, 1740)…

■ En musique, Bach (*L'Art de la fugue*, 1749).

J. A. Watteau (1684-1721), *Pierrot dit autrefois Gilles*, Paris, Musée du Louvre.

Sommaire

Voltaire

Zadig

Introduction

Les philosophes des Lumières et le conte philosophique

Les « philosophes »

Plusieurs écrivains du XVIIIe siècle, appelés « philosophes », forts des découvertes scientifiques et des évolutions de leur temps, élaborent une nouvelle forme de pensée fondée sur le raisonnement et l'expérience.
Ils rejettent les préjugés et les croyances fanatiques. Ils cherchent à libérer les capacités de l'esprit humain, obscurcies par la religion et la tyrannie. Ils veulent « éclairer » le monde des lumières de la raison, d'où le surnom donné à leur siècle, « siècle des Lumières ». Ces philosophes s'appellent Montesquieu, Voltaire, Rousseau, Diderot, d'Alembert…
Pour eux, les lumières de la raison impliquent la justice et la liberté. Ils combattent les injustices et défendent la tolérance, c'est-à-dire le respect absolu de l'opinion d'autrui et des autres formes de cultures et de civilisations.
Ils combattent aussi les privilèges de la noblesse, de ceux qui ne se sont donné que « la peine de naître » (*Le Mariage de Figaro*, Beaumarchais), car ces privilèges n'ont rien à voir ni avec le mérite ni avec la valeur individuelle. Or tout homme, selon eux, a droit au respect, attitude qui annonce l'article premier de la Déclaration des droits de l'homme et du citoyen : « Les hommes naissent et demeurent libres et égaux en droits… »
Ils risquent dans ce combat la censure, la prison et l'exil. Ils construisent à ce prix les valeurs qui rendront possible la Révolution de 1789 : fin de la monarchie absolue de droit divin, fin des privilèges aristocratiques.
Il va sans dire que les hommes du XXIe siècle doivent donc beaucoup de leurs libertés, actuelles ou futures, au siècle des Lumières.

Quelques philosophes des Lumières

Fontenelle (1657-1757), savant et vulgarisateur scientifique, est un précurseur des philosophes des Lumières.

Montesquieu (1689-1755) défend les grands principes de tolérance.
- *Lettres persanes* (roman par lettres)

Voltaire (1694-1778) conçoit la philosophie comme une arme contre l'intolérance et toutes les formes d'abus.
- *Dictionnaire philosophique*
- *Zadig* (conte philosophique)
- *Candide* (conte philosophique)

Diderot (1713-1784) écrit avec d'Alembert l'ouvrage de référence du siècle des Lumières : L'Encyclopédie.

Rousseau (1712-1778) se présente comme un marginal mais ses idées marqueront profondément son temps.
- *Discours sur l'origine et les fondements de l'inégalité parmi les hommes* (réflexions politiques)
- *La Nouvelle Héloïse* (roman)
- *Les Confessions* (autobiographie)

Beaumarchais (1732-1799), homme d'affaires et homme de lettres, ridiculise dans ses écrits le clergé et les hommes de loi ; il critique les privilèges de la noblesse et les abus politiques de toutes sortes.
- *Le Barbier de Séville* (comédie)
- *Le Mariage de Figaro* (comédie)

Voltaire et *Zadig*

La vie de Voltaire, tout comme celle de Zadig, commence plutôt bien : c'est un jeune homme brillant et plein d'ambition. Mais sa plume insolente n'a pas le bonheur de plaire à la Cour, et il connaît rapidement la prison. Par la suite, quoique parfois mondain, Voltaire partage son temps entre l'exil et les voyages. Il écrit *Zadig* en exil en Lorraine en 1747, à cinquante-trois ans, chez sa maîtresse Madame du Châtelet. Il est alors un homme connu, à la fois admiré et détesté. Et *Zadig*, sous l'allure d'un conte naïf, illustre bien souvent l'histoire chaotique de son auteur et de son époque…

Voltaire à sa table de travail, gravure de Adlam, XVIIIe siècle.

Un conte oriental

Le titre, *Zadig*, évoque un univers exotique : l'Orient, le pays des Contes des *Mille et Une Nuits* qu'une traduction a fait connaître au début du siècle.
Dans *Zadig*, l'enchaînement des anecdotes, la succession des courts chapitres et le style riche en images rappellent les contes turcs, arabes ou persans.
Voltaire n'est jamais allé en Orient, mais il est fasciné par ce monde qu'il imagine fabuleux, étrange et riche en couleurs. Cependant l'Orient dans *Zadig* n'apparaît que par petites touches que l'auteur distille à son gré dans les prénoms (Zadig, Moabdar) plus ou moins imaginaires, les lieux (Bagdad, Memphis) et les décors où les chameaux, les palmiers et les roses font couleur locale.
L'Orient étant à la mode, Voltaire se sert aussi de cette mode comme d'un prétexte. La Babylone de *Zadig* rappelle le Paris de l'époque et pour Voltaire, il est moins dangereux de s'attaquer à ses contemporains par l'intermédiaire d'un pays exotique.

Les grandes étapes du siècle

- Fin du règne de **Louis XIV** (1685-1715)
- **Régence** (1715-1723) de Philippe d'Orléans, Louis XV étant trop jeune pour gouverner
- Règne de **Louis XV** (1723- 1774)
- Règne de **Louis XVI** (1774-1792)
- **Révolution française** (1789-1799)

Un conte philosophique

Zadig est un conte philosophique : la fiction orientale permet à Voltaire d'exprimer ses idées en craignant moins la censure. *Zadig ou La Destinée* raconte l'histoire d'un jeune habitant de Babylone qui, ayant tout pour être heureux, se heurte cependant à un destin toujours plus capricieux : amoureux, il se voit contraint à errer dans un Orient imaginaire avant de retrouver enfin la femme qu'il aime et un certain bonheur. Son parcours, semé d'embûches, s'apparente à celui des héros des contes traditionnels au sens où, pour atteindre l'objet désiré, il doit surmonter une série d'épreuves.

Toutefois, ce récit est l'occasion pour Voltaire d'aborder les problèmes d'ordre moral et philosophique qui le préoccupent : l'injustice, l'intolérance, le bonheur… Dans *Zadig*, Voltaire montre que la vie n'est pas souvent juste et morale. Rapidement Zadig en vient à la conclusion « qu'il est difficile d'être heureux dans cette vie ». Voltaire qui, sa vie durant, a été préoccupé par l'idée du mal et de l'injustice, exprime dans *Zadig* l'idée que le malheur et le mal sont inséparables de la condition humaine.

Résumons !

Zadig est un prénom oriental ; il désigne le héros de notre conte. Mais pourquoi ce sous-titre « La destinée » ? Si le destin est « une puissance qui, selon certaines croyances, réglerait la vie des hommes et le cours des événements », Zadig serait l'exemple même d'un individu devenu le jouet du destin. Il ne choisit rien, il subit tout. Et il est vrai que dans *Zadig*, le destin se joue sans arrêt du héros. À vous de le découvrir…

Voltaire

Zadig
ou La Destinée
Histoire orientale

J. E. Liotard (1702-1789), *Monsieur Levett et Mademoiselle Glavany en costume turc*, Paris, Musée du Louvre.

Approbation[1]

Je soussigné, qui me suis fait passer pour savant, et même pour homme d'esprit, ai lu ce manuscrit, que j'ai trouvé, malgré moi, curieux, amusant, moral, philosophique, digne de plaire à ceux mêmes qui haïssent les romans. Ainsi je l'ai décrié[2] et j'ai assuré Monsieur le cadi-lesquier[3] que c'est un ouvrage détestable[4].

Philosophes du XVIIIe siècle.

1. Tout écrivain, quand il publiait un livre, se devait de le faire approuver par l'État.
2. Attaqué.
3. Haut personnage qui, en Turquie, était chargé de la religion et des lois.
4. Digne d'être détesté.

Questions

Repérer et analyser

Le titre et le sous-titre (p. 9)

1 **a.** En lisant le titre, *Zadig*, le sous-titre, *La Destinée*, et l'indication « Histoire orientale », à quelle histoire vous attendez-vous ?
b. Quel en sera le cadre ?

2 Que signifie le mot « destinée » ? Quelle différence faites-vous entre « une » destinée et « la » destinée ? Selon vous, le récit se réduira-t-il à une « Histoire orientale » ?

L'approbation (p. 10)

La situation d'énonciation

La censure : au XVIIIe siècle, tout écrivain, lorsqu'il publiait un livre, devait recevoir l'approbation de l'État. C'étaient des censeurs qui étaient chargés de délivrer cette approbation : ils lisaient les manuscrits présentés par les écrivains et s'assuraient qu'ils ne contenaient rien qui puisse troubler l'ordre moral. Les censeurs étaient des personnes instruites et savantes.

3 **a.** Qui le pronom « je » désigne-t-il ? Connaît-on son nom ? Aidez-vous de la leçon.
b. « Ce manuscrit » (l. 2) : de quel ouvrage s'agit-il ?

La parodie

La parodie est une imitation comique d'une œuvre sérieuse.

4 En quoi cette approbation est-elle une parodie ? Pour répondre :
a. Dites si l'énonciateur est un vrai savant.
b. Relevez les adjectifs qui caractérisent le manuscrit et dites si l'énonciateur apprécie l'ouvrage. Devrait-il logiquement en demander la censure ou lui donner l'approbation ? Quelle décision prend-il en réalité ?
c. Relisez la dernière phrase. Dites si le lien de conséquence « ainsi » (l. 4) est celui que vous attendiez.

5 Quel est l'effet produit par cette approbation ?

La visée

6 Quelle pratique concernant la publication des ouvrages est, selon vous, condamnée par Voltaire ?

Épître dédicatoire[1] à la sultane Sheraa[2] par Sadi[3]

Le 18 du mois de Schewal, l'an 837 de l'hégire[4].

Charme des prunelles, tourment des cœurs, lumière de l'esprit, je ne baise[5] point la poussière de vos pieds, parce que vous ne marchez guère, ou que vous marchez sur des tapis d'Iran ou sur des roses. Je vous offre la traduction d'un livre d'un ancien sage, qui, ayant le bonheur de n'avoir rien à faire, eut celui de s'amuser à écrire l'histoire de *Zadig* : ouvrage qui dit plus qu'il ne semble dire. Je vous prie de le lire et d'en juger : car, quoique vous soyez dans le printemps de votre vie[6], quoique tous les plaisirs vous cherchent, quoique vous soyez belle, et que vos talents ajoutent à votre beauté ; quoiqu'on vous loue du soir au matin, et que par toutes ces raisons vous soyez en droit de n'avoir pas le sens commun[7] ; cependant vous avez l'esprit très sage, et le goût très fin, et je vous ai entendue raisonner mieux que de vieux derviches[8] à longue barbe et à bonnet pointu. Vous êtes discrète, et vous n'êtes point défiante ; vous êtes douce sans être faible ; vous êtes bienfaisante avec discernement[9] : vous aimez vos amis, et vous ne vous faites point d'ennemis. Votre esprit n'emprunte jamais ses agréments des traits de la médisance[10] ; vous ne dites

1. C'est l'équivalent de nos dédicaces.
2. Ce nom évoque celui de Schéhérazade, la sultane des contes des *Mille et Une Nuits*.
3. Poète persan du XIIIe siècle.
4. Dix-huitième mois de l'année musulmane. L'hégire désigne la fuite de Mahomet loin de la Mecque dont la date (622) sert de point de départ à l'ère musulmane : 837 correspond donc à 1459.
5. Embrasse.
6. La jeunesse.
7. De ne pas être raisonnable.
8. Religieux musulmans généralement barbus et portant sur la tête un long chapeau en forme de turban.
9. Avec raison.
10. Vous ne parlez pas méchamment des autres.

de mal, ni n'en faites, malgré la prodigieuse facilité que vous y auriez. Enfin votre âme m'a toujours paru pure comme votre beauté. Vous avez même un petit fonds de philosophie qui m'a fait croire que vous prendriez plus de goût qu'une autre à cet ouvrage d'un sage.

Il fut écrit d'abord en ancien chaldéen[11], que ni vous ni moi n'entendons. On le traduisit en arabe, pour amuser le célèbre sultan Ouloug-beg[12]. C'était du temps où les Arabes et les Persans commençaient à écrire des *Mille et Une Nuits*[13], des *Mille et Un Jours*, etc. Ouloug aimait mieux la lecture de *Zadig* ; mais les sultanes aimaient mieux les *Mille et un*. « Comment pouvez-vous préférer, leur disait le sage Ouloug, des contes qui sont sans raison et qui ne signifient rien ? – C'est précisément pour cela que nous les aimons », répondaient les sultanes.

Je me flatte que vous ne leur ressemblerez pas, et que vous serez un vrai Ouloug. J'espère que, quand vous serez lasse des conversations générales[14], qui ressemblent assez aux *Mille et un*, à cela près qu'elles sont moins amusantes, je pourrai trouver une minute pour avoir l'honneur de vous parler raison. Si vous aviez été Thalestris[15], du temps de Scander, fils de Philippe ; si vous aviez été la reine de Sabée[16] du temps de Soleiman, c'eussent été ces rois qui auraient fait le voyage.

Je prie les vertus célestes que vos plaisirs soient sans mélange, votre beauté durable, et votre bonheur sans fin.

Sadi.

11. Langue parlée dans l'Antiquité au Moyen Orient.
12. Prince qui règna au XVe siècle et qui fut considéré comme un grand sage.
13. Conte oriental où la princesse Schéhérazade raconte à un sultan une histoire différente pendant mille et une nuits pour échapper à la mort.
14. Ces « conversations générales » étaient pour Voltaire « une perte irréparable du temps ».
15. Reine des Amazones qui proposa à Scander (Alexandre) de l'épouser.
16. Reine de Saba qui vint en Palestine afin de rencontrer Soleiman (Salomon) dont la sagesse était célèbre.

Questions

Repérer et analyser

La situation d'énonciation

1 **a.** Qui est l'émetteur de cette lettre ? Qui en est le destinataire ?
b. Relevez la date. À quelle époque renvoie-t-elle ?

2 D'après cette lettre :
a. Qui est l'auteur de *Zadig* ?
b. *Zadig* a-t-il été écrit en français ? Citez précisément le texte.

3 **a.** Qui est en réalité l'auteur de *Zadig* ? À quelle époque a-t-il vécu ?
b. Quel écart y a-t-il entre la date fictive de l'écriture de *Zadig* et sa date réelle ?

Le conte oriental

4 Relevez les mots et expressions qui se réfèrent à l'Orient.

5 **a.** À quel genre littéraire appartiennent les contes des *Mille et Une Nuits* ?
b. Relevez dans le second paragraphe l'expression qui caractérise les *Mille et Une Nuits*. Est-elle péjorative ou méliorative ?
c. Quels éléments pourraient permettre de rapprocher *Zadig* des *Mille et Une Nuits* ? Appuyez-vous notamment sur l'indication qui suit le titre et le sous-titre de l'œuvre (p. 9).
En quoi cependant en diffère-t-il ? Appuyez-vous sur une expression précise du premier paragraphe.

Un personnage : la sultane

6 **a.** Relevez les expressions qui désignent la sultane au début de la lettre.
b. De quelles différentes qualités intellectuelles fait-elle preuve ? Appuyez-vous pour répondre sur un relevé précis. En quoi représente-t-elle la lectrice idéale ?

La visée

7 **a.** Derrière quels différents personnages Voltaire se cache-t-il ? Pour quelles raisons, selon vous ?

b. Quel peut être, selon vous, l'intérêt pour l'auteur de choisir un arrière-plan oriental ? Aidez-vous de l'introduction (p. 4).

8 Quel message Voltaire cherche-t-il à faire passer concernant la lecture de *Zadig* ? Appuyez-vous sur l'ensemble de vos réponses.

Se documenter

L'orientalisme au XVIIIe siècle

L'Orient était à la mode à l'époque de Voltaire… et tout le monde cherchait à « faire oriental ». Voici comment l'écrivain Toussaint décrit la cour de France métamorphosée en cour de Perse lors du mariage du fils de Louis XV, appelé ici le Cha-Séphi.

Cependant toute la Perse [France] n'était occupée que des préparatifs pour le mariage du fils de Cha-Séphi [Louis XV] avec la fille de l'Empereur de la Chine [Espagne]. La ville d'Ispahan [Paris] surtout jalouse de se distinguer par le nombre et la magnificence de ses fêtes épuisait tout ce que l'art aidé du génie peut produire de superbe et de galant, de digne en un mot du grand objet qui animait son zèle. Plusieurs salles, construites en différents quartiers de la ville, étaient destinées à donner des spectacles, des jeux et des festins au peuple. La nouveauté de l'invention, la variété de l'architecture, l'élégance des décorations, l'entente de l'ordonnance, la beauté des emblèmes et des devises, tout plaisait, tout enchantait. Chaque salle en particulier demandait la préférence ; toutes ensemble elles ne laissaient pas la liberté de la donner, et elles mettaient dans une incertitude, qui est la preuve la plus certaine du grand et du vrai beau. D'un autre côté, au milieu d'une place spacieuse s'élevait un superbe temple consacré à la divinité qu'adoraient les anciens Persans [Français]…

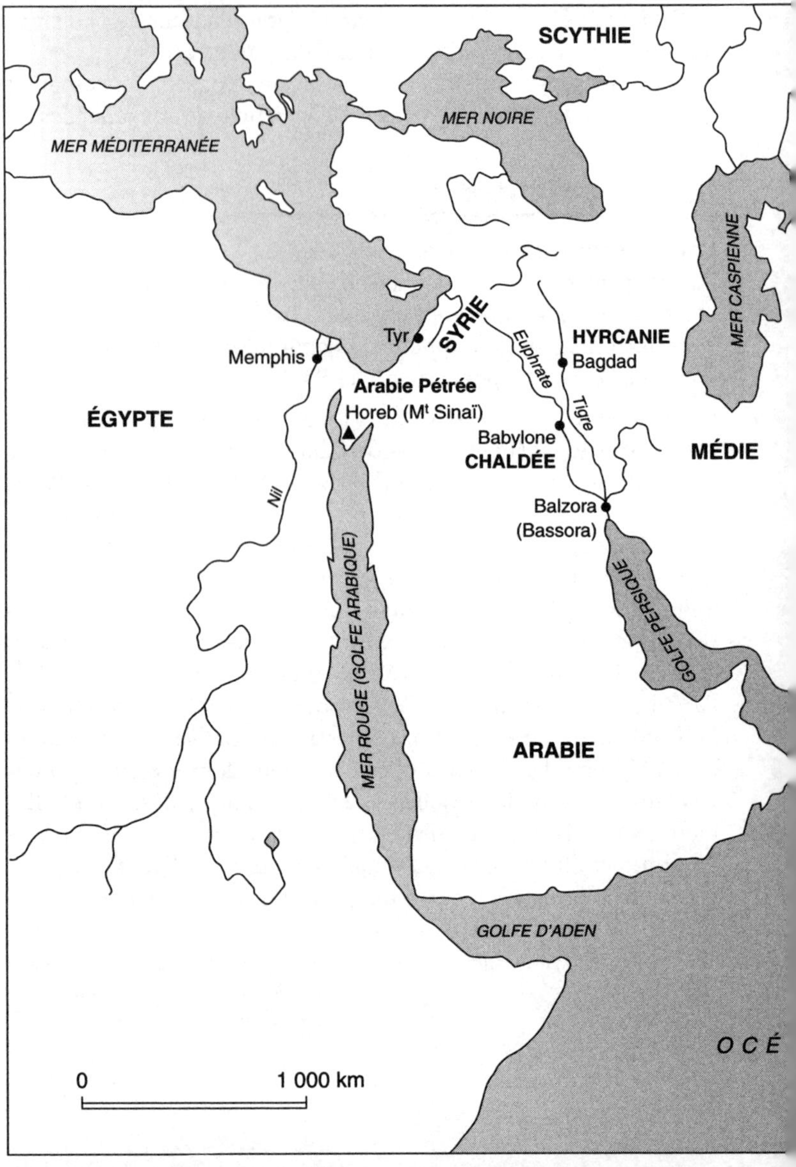
SCYTHIE
MER NOIRE
MER MÉDITERRANÉE
MER CASPIENNE
SYRIE
Tyr
HYRCANIE
Bagdad
Memphis
Euphrate
Arabie Pétrée
Horeb (Mt Sinaï)
Tigre
ÉGYPTE
Babylone
CHALDÉE
MÉDIE
Nil
Balzora
(Bassora)
MER ROUGE (GOLFE ARABIQUE)
GOLFE PERSIQUE
ARABIE
GOLFE D'ADEN
OCÉ
0
1 000 km

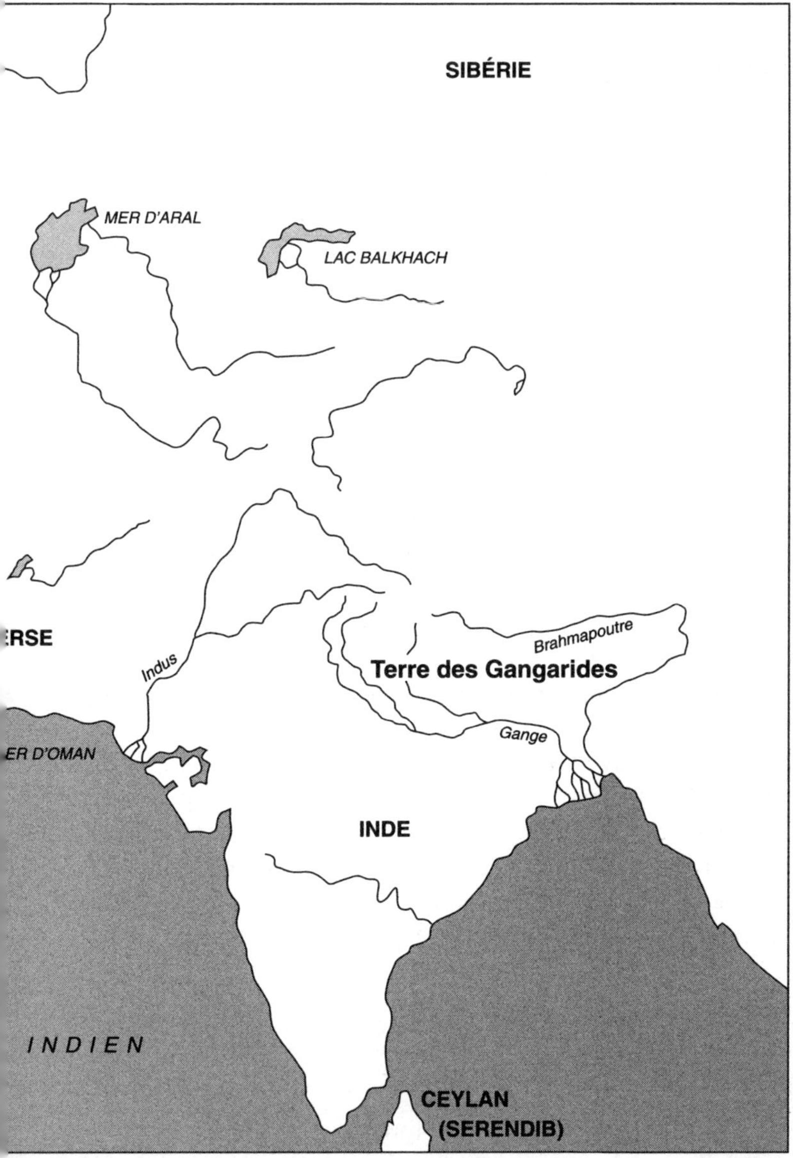
SIBÉRIE
MER D'ARAL
LAC BALKHACH
ERSE
Indus
Brahmapoutre
Terre des Gangarides
Gange
ER D'OMAN
INDE
INDIEN
CEYLAN
(SERENDIB)

Chapitre 1

Le Borgne

Du temps du roi Moabdar[1] il y avait à Babylone[2] un jeune homme nommé Zadig[3], né avec un beau naturel fortifié par l'éducation. Quoique riche et jeune, il savait modérer ses passions, il n'affectait rien, il ne voulait point toujours avoir raison, et savait respecter la faiblesse des hommes. On était étonné de voir qu'avec beaucoup d'esprit il n'insultât jamais par des railleries[4] à ces propos si vagues, si rompus[5], si tumultueux, à ces médisances téméraires, à ces décisions ignorantes, à ces turlupinades[6] grossières, à ce vain bruit de paroles, qu'on appelait conversation dans Babylone. Il avait appris dans le premier livre de Zoroastre[7] que l'amour-propre est un ballon gonflé de vent, dont il sort des tempêtes quand on lui fait une piqûre. Zadig surtout ne se vantait pas de mépriser les femmes et de les subjuguer. Il était généreux ; il ne craignait point d'obliger des ingrats, suivant ce grand précepte de Zoroastre : « Quand tu manges, donne à manger aux chiens, dussent-ils te mordre. » Il était aussi sage qu'on peut l'être, car il cherchait à vivre avec des sages. Instruit dans les sciences des anciens Chaldéens[8], il n'ignorait pas les principes physiques de la nature tels qu'on les connaissait alors, et savait de la métaphysique ce qu'on a su dans tous les âges, c'est-à-dire fort peu de chose. Il était fermement persuadé que l'année était de trois cent soixante et cinq jours et un quart, malgré

1. Nom formé par Voltaire du nom Moab, peuple de l'Arabie.
2. Ville autrefois capitale de Chaldée sur l'Euphrate (voir la carte p. 16-17).
3. Zadig signifie « le juste ».
4. Moqueries.
5. Peu cohérents.
6. Plaisanteries douteuses.
7. Prophète dans l'ancien Iran, pour qui l'homme doit accomplir beaucoup de bien pour écarter le mal.
8. Selon Voltaire, les anciens Chaldéens étaient très en avance au niveau des découvertes scientifiques.

la nouvelle philosophie de son temps, et que le soleil était au centre du monde ; et quand les principaux mages[9] lui disaient avec une hauteur insultante[10] qu'il avait de mauvais sentiments, et que c'était être ennemi de l'État que de croire que le soleil tournait sur lui-même et que l'année avait douze mois, il se taisait sans colère et sans dédain.

Zadig, avec de grandes richesses, et par conséquent avec des amis, ayant de la santé, une figure aimable, un esprit juste et modéré, un cœur sincère et noble, crut qu'il pouvait être heureux. Il devait se marier à Sémire[11], que sa beauté, sa naissance et sa fortune rendaient le premier parti de Babylone. Il avait pour elle un attachement solide et vertueux, et Sémire l'aimait avec passion. Ils touchaient au moment fortuné qui allait les unir, lorsque, se promenant ensemble vers une porte de Babylone, sous les palmiers qui ornaient le rivage de l'Euphrate[12], ils virent venir à eux des hommes armés de sabres et de flèches. C'étaient les satellites[13] du jeune Orcan, neveu d'un ministre, à qui les courtisans de son oncle avaient fait accroire[14] que tout lui était permis. Il n'avait aucune des grâces ni des vertus de Zadig ; mais croyant valoir beaucoup mieux, il était désespéré de n'être pas préféré. Cette jalousie, qui ne venait que de sa vanité, lui fit penser qu'il aimait éperdument Sémire. Il voulait l'enlever. Les ravisseurs la saisirent, et dans les emportements de leur violence ils la blessèrent, et firent couler le sang d'une personne dont la vue aurait attendri les tigres du mont Imaüs[15]. Elle perçait le ciel de ses plaintes. Elle s'écriait : « Mon cher époux ! on m'arrache à ce que

9. Prêtres de la religion de Zoroastre.
10. Méprisante.
11. « Sémire » rappelle « Sémiramis », type de la femme infidèle selon Voltaire.
12. Fleuve qui arrose Babylone (voir la carte p. 16-17).
13. Soldats à la solde d'un puissant.
14. Croire.
15. L'Himalaya (peu de tigres sont recensés sur l'Himalaya !).

j'adore ! » Elle n'était point occupée de son danger ; elle ne pensait qu'à son cher Zadig. Celui-ci, dans le même temps, la défendait avec toute la force que donnent la valeur et l'amour. Aidé seulement de deux esclaves, il mit les ravisseurs en fuite et ramena chez elle Sémire, évanouie et sanglante, qui en ouvrant les yeux vit son libérateur. Elle lui dit : « Ô Zadig ! je vous aimais comme mon époux ; je vous aime comme celui à qui je dois l'honneur et la vie. » Jamais il n'y eut un cœur plus pénétré que celui de Sémire. Jamais bouche plus ravissante n'exprima des sentiments plus touchants par ces paroles de feu qu'inspirent le sentiment du plus grand des bienfaits et le transport le plus tendre de l'amour le plus légitime. Sa blessure était légère ; elle guérit bientôt. Zadig était blessé plus dangereusement ; un coup de flèche reçu près de l'œil lui avait fait une plaie profonde. Sémire ne demandait aux dieux que la guérison de son amant. Ses yeux étaient nuit et jour baignés de larmes : elle attendait le moment où ceux de Zadig pourraient jouir de ses regards ; mais un abcès survenu à l'œil blessé fit tout craindre. On envoya jusqu'à Memphis[16] chercher le grand médecin Hermès[17], qui vint avec un nombreux cortège. Il visita le malade, et déclara qu'il perdrait l'œil ; il prédit même le jour et l'heure où ce funeste accident devait arriver. « Si c'eût été l'œil droit, dit-il, je l'aurais guéri ; mais les plaies de l'œil gauche sont incurables. » Tout Babylone, en plaignant la destinée de Zadig, admira la profondeur de la science d'Hermès. Deux jours après, l'abcès perça de lui-même ; Zadig fut guéri parfaitement. Hermès écrivit un livre où il lui prouva qu'il n'avait pas dû guérir. Zadig ne le lut point : mais dès qu'il put sortir, il se prépara à rendre visite à celle qui faisait l'espérance du bonheur de sa vie et pour qui seule il voulait avoir

16. Capitale de l'Égypte (voir la carte, p. 16-17).
17. Ce nom rappelle le dieu grec de la médecine.

des yeux. Sémire était à la campagne depuis trois jours. Il apprit en chemin que cette belle dame, ayant déclaré hautement qu'elle avait une aversion[18] insurmontable pour les borgnes, venait de se marier à Orcan, la nuit même. À cette nouvelle ; il tomba sans connaissance ; sa douleur le mit au bord du tombeau ; il fut longtemps malade ; mais enfin la raison l'emporta sur son affliction, et l'atrocité de ce qu'il éprouvait servit même à le consoler.

« Puisque j'ai essuyé, dit-il, un si cruel caprice d'une fille élevée à la cour, il faut que j'épouse une citoyenne[19]. » Il choisit Azora, la plus sage et la mieux née de la ville ; il l'épousa et vécut un mois avec elle dans les douceurs de l'union la plus tendre. Seulement il remarquait en elle un peu de légèreté et beaucoup de penchant à trouver toujours que les jeunes gens les mieux faits étaient ceux qui avaient le plus d'esprit et de vertu.

Illustration pour *Le Borgne*, dessin de Vandamme, Éd. Roissard, 1955, Paris, BNF.

18. Dégoût.
19. Une femme issue de la bourgeoisie et non de l'aristocratie.

Questions

Repérer et analyser

Le statut du narrateur et le point de vue

Identifier le statut du narrateur, c'est dire s'il est ou non un personnage de l'histoire. S'il est un personnage de l'histoire, il mène le récit à la première personne. S'il est extérieur à l'histoire, il mène le récit à la troisième personne.
Quand il mène le récit à la troisième personne, il peut choisir d'adopter :
– un point de vue omniscient : il témoigne d'une connaissance parfaite de la situation des personnages ; le lecteur en sait plus que les personnages ;
– un point de vue interne : il raconte les événements à travers le regard d'un personnage, le lecteur connaît ce que voit, ressent, comprend ce personnage ;
– un point de vue externe : il limite l'information à ce que pourrait voir un témoin extérieur ; le lecteur en sait moins que les personnages.

1 Identifiez dans *Zadig* le statut du narrateur. Justifiez votre réponse.

2 Montrez que le narrateur adopte un point de vue omniscient.

Les ingrédients du conte

Le début du conte

Voltaire emploie dans *Zadig* les procédés du conte traditionnel : formule d'entrée, renvoi à une époque lointaine. Il s'inspire également des contes orientaux à la mode en France depuis la parution des contes des *Mille et Une Nuits*.

3 En quoi la toute première phrase du chapitre rappelle-t-elle les premières phrases des contes ?

4 Relevez les indications de temps et de lieu. À quelle époque ce conte est-il censé se dérouler ? Dans quel pays ? Dans quelle ville ?

Les personnages

Les personnages de contes sont souvent schématisés et symbolisent des types humains : on y trouve d'un côté les bons, de l'autre les méchants. Leur nom même suffit parfois à les caractériser.

5 Quels personnages ont un nom à consonance orientale ?

6 **a.** Dans le premier paragraphe, relevez les mots et expressions qui caractérisent Zadig.

b. Quelles sont ses principales qualités ? En quoi son nom est-il en rapport avec sa personnalité ?

7 En quoi Sémire mérite-t-elle son nom ? Quel défaut incarne-t-elle ?

8 Quel personnage représente « le méchant » ? Justifiez.

L'intrigue amoureuse

Comme dans les *Mille et Une Nuits*, Voltaire met en place dans *Zadig* des intrigues amoureuses.

9 **a.** De qui Zadig est-il amoureux ?
b. Montrez en relevant le champ lexical de l'amour (l. 30 à 88) que Sémire paraît attachée à Zadig.
c. Quels sont les deux personnages qui forment un couple à la fin du chapitre ?

Le schéma narratif et le schéma actantiel

Le conte est le plus souvent structuré selon le schéma narratif : situation initiale (situation d'équilibre), élément déclencheur (événement qui lance l'action), enchaînement des actions, dénouement ou résolution (dernier événement qui répare le déséquilibre), situation finale (dans laquelle un nouvel équilibre est trouvé). Le schéma narratif se combine avec le schéma actantiel : au début du conte, le héros est en quête de quelque chose ; pour réaliser son désir, il est aidé par des adjuvants ou entravé par des opposants ; et le conte se termine par le succès ou l'échec du héros.

10 **a.** Quelle est la situation initiale ? Délimitez les lignes qui la présentent. Quel est le projet de Zadig ?
b. Quels événements viennent perturber le projet de Zadig ?
c. Quelles sont les principales actions qui s'enchaînent ?
d. Quel est le dénouement ?
e. Quelle est la situation finale ? Pour répondre, dites quel nouvel équilibre semble s'instaurer pour Zadig.

La réflexion philosophique

Le conte philosophique est né au XVIIIe siècle sous la plume des philosophes (voir p. 4). Comme le conte traditionnel, il raconte une histoire fictive (inventée) et comporte des éléments fantaisistes, mais sous cette apparence fantaisiste, il traite de problèmes sérieux et suscite une réflexion sur la condition humaine.

Zadig et la quête du bonheur

Zadig « crut qu'il pouvait être heureux » (l. 32-33)… La quête du bonheur est un thème fondamental des contes philosophiques. Zadig a tout pour être heureux, mais son rêve de bonheur se heurte à la réalité qui lui apporte de nombreuses désillusions.

11 **a.** Montrez, en citant le texte, que Zadig, au début du conte, a tout pour être heureux. Quel premier obstacle rencontre-t-il ?
b. Quelle est selon lui la raison de son échec ? Renouvelle-t-il son expérience avec les femmes ?
c. Pensez-vous qu'il aura plus de chance par la suite ?

L'ironie

L'ironie est un des procédés courants du conte philosophique. Il consiste à dire quelque chose en montrant bien que l'on pense le contraire.

12 **a.** En quoi les lignes 30-31 sont-elles ironiques ? Pour répondre, dites si le mot « amis » convient dans cette expression.
b. Relevez un autre passage ironique à propos des médecins.

La visée et les hypothèses de lecture

On appelle visée l'intention du narrateur ou de l'énonciateur. Voltaire, dans les contes philosophiques, vise à divertir bien sûr mais surtout à susciter la réflexion de ses contemporains : mise en cause des idées reçues, dénonciation de la violence, des injustices, des abus de toutes sortes…

13 **a.** Zadig a failli devenir borgne. Donnez le sens propre de ce mot. Quel peut en être le sens figuré ?
b. À votre avis, que peut signifier pour Voltaire le fait d'être borgne au siècle des Lumières ? Aidez-vous de l'introduction (p. 4). Selon vous, contre qui et quoi Zadig devra-t-il lutter ? Formulez des hypothèses sur la suite du conte.
c. Quelles sont les différentes visées de ce chapitre ?

Écrire

Écrire un début de conte

14 Écrivez un début de conte dont :
- la formule initiale sera « Du temps du roi Moabdar, il y avait… » ;
- l'héroïne sera une jeune fille pourvue de tous les avantages et qualités possibles (donnez-lui un nom ou un surnom orientalisant) ;
- l'élément déclencheur sera son enlèvement par un certain Orcan.

Votre texte ne devra pas dépasser deux paragraphes.

Se documenter

Les Contes des *Mille et Une Nuits*

Il était une fois, en la ville de Baghdad, un homme célibataire qui se trouvait être portefaix de son état. Un jour qu'il se tenait à son habitude sur la place du marché, nonchalamment étendu sur le sol, la tête appuyée sur sa hotte, une femme s'arrêta devant lui. Un long manteau de Mossoul, broché de soie, l'enveloppait tout entière. Elle était coiffée d'un turban éclatant de blancheur et portait aux pieds des bottines écarlates lacées de tresses bigarrées et passementées de galon multicolore.

Elle observa d'abord le portefaix en silence, puis souleva le voile qui lui couvrait le visage : alors apparurent deux yeux noirs, finement allongés entre la frange des longs cils dont s'ombraient les paupières. « Ses extrémités sont la finesse même ; toutes les qualités physiques se sont donné rendez-vous en sa personne », avaient l'habitude de chanter ceux qui se plaisaient à la célébrer. Et c'est en son honneur que le poète Hassâne avait dû composer ces vers :

> Sur sa poitrine de marbre, deux sentinelles
> alertées m'ont fait prisonnier :
> et voici mon cœur captif de celle
> dont la grâce coquette appelait mes hommages. [...]

S'adressant au portefaix, la belle inconnue lança d'une voix suave : Ô portefaix, prends ta hotte et suis-moi ! Le brave homme n'en crut d'abord pas ses oreilles et ne se tint pour assuré de la réalité de ces paroles que lorsqu'il se vit courant derrière l'aimable fille, sa hotte sur le dos. [...]

« Le portefaix et les dames », *Les Mille et Une Nuits*, traduction de René R. Khawam, volume 1, *Dames insignes et Serviteurs galants*, éd. Phébus, Paris, 1986.

Chapitre 2

Le Nez

Un jour Azora revint d'une promenade tout en colère et faisant de grandes exclamations. « Qu'avez-vous, lui dit-il, ma chère épouse ? qui vous peut mettre ainsi hors de vous-même ? – Hélas ! dit-elle, vous seriez indigné comme moi si vous aviez vu le spectacle dont je viens d'être témoin. J'ai été consoler la jeune veuve Cosrou, qui vient d'élever depuis deux jours un tombeau à son jeune époux auprès du ruisseau qui borde cette prairie. Elle a promis aux dieux, dans sa douleur, de demeurer auprès de ce tombeau tant que l'eau de ce ruisseau coulerait auprès. – Eh bien, dit Zadig, voilà une femme estimable, qui aimait véritablement son mari ! Ah, reprit Azora, si vous saviez à quoi elle s'occupait quand je lui ai rendu visite ! À quoi donc, belle Azora ? – Elle faisait détourner le ruisseau. » Azora se répandit en des invectives[1] si longues, éclata en reproches si violents contre la jeune veuve, que ce faste de vertu[2] ne plut pas à Zadig.

Il avait un ami, nommé Cador, qui était un de ces jeunes gens à qui sa femme trouvait plus de probité[3] et de mérite qu'aux autres : il le mit dans sa confidence, et s'assura, autant qu'il le pouvait, de sa fidélité par un présent considérable. Azora, ayant passé deux jours chez une de ses amies à la campagne, revint le troisième jour à la maison. Des domestiques en pleurs lui annoncèrent que son mari était mort subitement la nuit même, qu'on n'avait pas osé lui porter cette funeste nouvelle, et qu'on venait d'ensevelir Zadig dans le tombeau de ses pères, au bout du jardin. Elle pleura, s'arracha

1. Paroles violentes contre quelqu'un ou quelque chose.

2. Manifestation de vertu exagérée.

3. Honnêteté.

les cheveux, et jura de mourir. Le soir, Cador lui demanda la permission de lui parler, et ils pleurèrent tous deux. Le lendemain, ils pleurèrent moins, et dînèrent ensemble. Cador lui confia que son ami lui avait laissé la plus grande partie de son bien, et lui fit entendre qu'il mettrait son bonheur à partager sa fortune avec elle. La dame pleura, se fâcha, s'adoucit ;

Illustration pour *Zadig*, gravure de Moreau le Jeune, 1784, Paris, Bibliothèque nationale.

le souper fut plus long que le dîner ; on se parla avec plus de confiance : Azora fit l'éloge du défunt ; mais elle avoua qu'il avait des défauts dont Cador était exempt[4].

Au milieu du souper, Cador se plaignit d'un mal de rate violent ; la dame inquiète et empressée, fit apporter toutes les essences dont elle se parfumait, pour essayer s'il n'y en avait pas quelqu'une qui fût bonne pour le mal de rate ; elle regretta beaucoup que le grand Hermès ne fût pas encore à Babylone ; elle daigna même toucher le côté où Cador sentait de si vives douleurs. « Êtes-vous sujet à cette cruelle maladie ? lui dit-elle avec compassion. – Elle me met quelquefois au bord du tombeau, lui répondit Cador, et il n'y a qu'un seul remède qui puisse me soulager ; c'est de m'appliquer sur le côté le nez d'un homme qui soit mort la veille. – Voilà un étrange remède, dit Azora. – Pas plus étrange, répondit-il, que les sachets du Sieur Arnou* contre l'apoplexie[5]. »

Cette raison, jointe à l'extrême mérite du jeune homme, détermina enfin la dame. « Après tout, dit-elle, quand mon mari passera du monde d'hier dans le monde du lendemain sur le pont Tchinavar[6], l'Ange Asraël[7] lui accordera-t-il moins de passage, parce que son nez sera un peu moins long dans la seconde vie que dans la première ? » Elle prit donc un rasoir ; elle alla au tombeau de son époux, l'arrosa de ses larmes, et s'approcha pour couper le nez à Zadig, qu'elle trouva tout étendu dans la tombe. Zadig se relève en tenant son nez d'une main et arrêtant le rasoir de l'autre. « Madame, lui dit-il, ne criez plus tant contre la jeune Cosrou ; le projet de me couper le nez vaut bien celui de détourner un ruisseau. »

4. Que Cador n'avait pas.
* « Il y avait dans ce temps un Babylonien nommé Arnou, qui guérissait et prévenait toutes les apoplexies, dans les gazettes, avec un sachet pendu au cou. » (Note de Voltaire)
5. Pour Voltaire, ce genre de pratique était une escroquerie.
6. Chez les anciens Persans, le pont Tchinavar était traversé par les âmes des morts, seuls les bons et les justes pouvaient l'emprunter.
7. Nom donné par les musulmans à l'ange de la Mort.

Repérer et analyser

Le narrateur et le point de vue

1 Rappelez le statut du narrateur (voir p. 22). Montrez, en choisissant deux ou trois exemples, que le narrateur adopte un point de vue omniscient.

L'histoire et le cadre spatio-temporel

2 Résumez en quelques phrases l'histoire racontée. Aidez-vous pour ce faire du schéma narratif (voir p. 23).

3 Relevez les indices de temps et de lieu. Dans quel cadre et sur combien de jours l'histoire se déroule-t-elle ?

Les personnages

Zadig

4 « Azora se répandit en des invectives si longues […] que ce faste de vertu ne plut pas à Zadig. » (l. 14 à 16)

a. Qu'est-ce qui paraît suspect à Zadig ? De quelle qualité fait-il preuve ici ?

b. Quel stratagème met-il en place ? Pour quelle raison ?

c. Quelle leçon donne-t-il à Azora ?

Les personnages féminins

5 **a.** Quels sentiments la veuve Cosrou dit-elle ressentir à la mort de son mari ?

b. Que révèle la phrase « Elle faisait détourner le ruisseau » (l. 13) de ses véritables sentiments ?

6 **a.** En quoi la conduite d'Azora se rapproche-t-elle de celle de la veuve Cosrou ? Établissez le parallèle entre les deux conduites.

b. De quel défaut la veuve Cosrou et Azora font-elles preuves ?

Cador

7 **a.** Qui est Cador ? Quel est son rôle dans l'histoire ?

b. Pour quelle raison Zadig l'a-t-il choisi et peut-il être sûr de lui ?

c. S'acquitte-t-il bien de sa mission ?

Le mélange des genres

Dans les contes de Voltaire, certains passages semblent appartenir à des genres très divers comme le conte oriental et le théâtre. La théâtralisation de certaines scènes est marquée par la présence de dialogues vifs et par certains procédés tels que le coup de théâtre.

8 Quels sont les différents éléments qui permettent de dire que ce chapitre présente les caractéristiques d'un conte oriental ?

9 En quoi ce chapitre s'apparente-t-il aussi à du théâtre ? Pour répondre :

a. Repérez les passages dialogués. Qui parle à qui ?

b. Dites en quoi il y a mise en scène et qui joue un rôle.

c. Dites en quoi il y a coup de théâtre.

La réflexion philosophique

Zadig est constamment à la recherche du bonheur et chaque désillusion est suivie d'une nouvelle tentative.

10 Quelle nouvelle déception Zadig subit-il dans cet épisode ? Dans quel domaine ?

La visée

11 Quelle critique Voltaire adresse-t-il aux femmes par l'intermédiaire de la veuve Cosrou et d'Azora ?

Écrire

Écrire une lettre

12 Azora écrit une lettre à son amie Cosrou. Elle lui raconte sa mésaventure. Aura-t-elle ou non retenu la leçon ? Vous respecterez la situation d'énonciation (noms des personnages, lieux, circonstances…).

Écrire une scène de théâtre

13 Transposez ce chapitre en scène de théâtre. Vous veillerez à respecter la spécificité du langage théâtral : répliques et didascalies (indications scéniques).

Chapitre 3

Le Chien et le Cheval

Zadig éprouva[1] que le premier mois du mariage, comme il est écrit dans le livre du *Zend*[2], est la lune du miel, et que le second est la lune de l'absinthe[3]. Il fut quelque temps après obligé de répudier Azora[4] qui était devenue trop difficile à vivre, et il chercha son bonheur dans l'étude de la nature. « Rien n'est plus heureux, disait-il, qu'un philosophe qui lit dans ce grand livre que Dieu a mis sous nos yeux. Les vérités qu'il découvre sont à lui ; il nourrit et il élève son âme ; il vit tranquille ; il ne craint rien des hommes, et sa tendre épouse ne vient point lui couper le nez. »

Plein de ces idées, il se retira dans une maison de campagne sur les bords de l'Euphrate. Là il ne s'occupait pas à calculer combien de pouces d'eau coulaient en une seconde sous les arches d'un pont, ou s'il tombait une ligne cube de pluie dans le mois de la souris plus que dans le mois du mouton. Il n'imaginait point de faire de la soie avec des toiles d'araignée, ni de la porcelaine avec des bouteilles cassées[5] ; mais il étudia surtout les propriétés des animaux et des plantes, et il acquit bientôt une sagacité[6] qui lui découvrait mille différences où les autres hommes ne voient rien que d'uniforme.

Un jour, se promenant auprès d'un petit bois, il vit accourir à lui un eunuque[7] de la reine, suivi de plusieurs officiers qui paraissaient dans la plus grande inquiétude, et qui couraient çà et là, comme des hommes égarés qui cherchent ce qu'ils ont

1. Constata.
2. Il s'agit des commentaires faits sur le livre de Zoroastre, l'*Avesta*.
3. L'absinthe étant une plante nocive au goût amer, l'expression est péjorative.
4. Renvoyer sa femme.
5. Allusion de Voltaire à un certain nombre de travaux effectués par l'Académie.
6. Perspicacité.
7. Homme castré, gardien du harem.

perdu de plus précieux : « Jeune homme, lui dit le premier eunuque, n'avez-vous point vu le chien de la reine[8] ? » Zadig répondit modestement : « C'est une chienne, et non pas un chien. – Vous avez raison, reprit le premier eunuque. – C'est une épagneule très petite, ajouta Zadig. Elle a fait depuis peu des chiens ; elle boite du pied gauche de devant, et elle a les oreilles très longues. – Vous l'avez donc vue ? dit le premier eunuque tout essoufflé. – Non, répondit Zadig, je ne l'ai jamais vue, et je n'ai jamais su si la reine avait une chienne. »

Précisément dans le même temps, par une bizarrerie ordinaire de la fortune, le plus beau cheval de l'écurie du roi s'était échappé des mains d'un palefrenier dans les plaines de Babylone. Le grand veneur[9] et tous les autres officiers couraient après lui avec autant d'inquiétude que le premier eunuque après la chienne. Le grand veneur s'adressa à Zadig et lui demanda s'il n'avait point vu passer le cheval du roi. « C'est, répondit Zadig, le cheval qui galope le mieux ; il a cinq pieds de haut, le sabot fort petit ; il porte une queue de trois pieds et demi de long ; les bossettes de son mors sont d'or à vingt-trois carats ; ses fers sont d'argent à onze deniers[10]. – Quel chemin a-t-il pris ? où est-il ? demanda le grand veneur. – Je ne l'ai point vu, répondit Zadig, et je n'en ai jamais entendu parler. »

Le grand veneur et le premier eunuque ne doutèrent pas que Zadig n'eût volé[11] le cheval du roi et la chienne de la reine ; ils le firent conduire devant l'assemblée du grand desterham[12], qui le condamna au knout[13] et à passer le reste de ses jours en Sibérie. À peine le jugement fut-il rendu qu'on retrouva le cheval et la chienne. Les juges furent dans la douloureuse

8. La mode était aux petits chiens en France à l'époque de Voltaire.
9. Responsable des chasses et de la meute du roi (terme européen).
10. Ornements dignes de la magnificence orientale.
11. En déduisirent que Zadig avait bien volé.
12. Contrôleur général des finances.
13. À la bastonnade.

nécessité de réformer leur arrêt[14] ; mais ils condamnèrent Zadig à payer quatre cents onces[15] d'or pour avoir dit qu'il n'avait point vu ce qu'il avait vu. Il fallut d'abord payer cette amende ; après quoi il fut permis à Zadig de plaider sa cause au conseil du grand desterham ; il parla en ces termes :

« Étoiles de justice, abîmes de science, miroirs de vérité, qui avez la pesanteur du plomb, la dureté du fer, l'éclat du diamant et beaucoup d'affinité avec l'or ! Puisqu'il m'est permis de parler devant cette auguste[16] assemblée, je vous jure par Orosmade[17] que je n'ai jamais vu la chienne respectable de la reine, ni le cheval sacré du roi des rois[18]. Voilà ce qui m'est arrivé. Je me promenais vers le petit bois, où j'ai rencontré depuis le vénérable eunuque et le très illustre grand veneur. J'ai vu sur le sable les traces d'un animal, et j'ai jugé aisément que c'étaient celles d'un petit chien. Des sillons légers et longs, imprimés de petites éminences de sable, entre les traces des pattes, m'ont fait connaître que c'était une chienne dont les mamelles étaient pendantes, et qu'ainsi elle avait fait des petits il y a peu de jours. D'autres traces en un sens différent, qui paraissaient toujours avoir rasé la surface du sable à côté des pattes de devant, m'ont appris qu'elle avait les oreilles très longues ; et, comme j'ai remarqué que le sable était toujours moins creusé par une patte que par les trois autres, j'ai compris que la chienne de notre auguste reine était un peu boiteuse, si je l'ose dire.

À l'égard du cheval du roi des rois, vous saurez que, me promenant dans les routes de ce bois, j'ai aperçu les marques des fers d'un cheval ; elles étaient toutes à égales distances. “Voilà, ai-je dit, un cheval qui a un galop parfait.”

14. Corriger leur arrêt.
15. Environ 12,5 kg.
16. Noble et digne.
17. Nom du principe du bien dans la religion de Zoroastre.
18. Nom habituellement donné au roi de Perse.

La poussière des arbres, dans une route étroite qui n'a que sept pieds de large, était un peu enlevée à droite et à gauche, à trois pieds et demi du milieu de la route. “Ce cheval, ai-je dit, a une queue de trois pieds et demi, qui, par ses mouvements de droite et de gauche, a balayé cette poussière.” J'ai vu sous les arbres, qui formaient un berceau de cinq pieds de haut, les feuilles des branches nouvellement tombées, et j'ai connu que ce cheval y avait touché, et qu'ainsi il avait cinq pieds de haut. Quant à son mors[19], il doit être d'or à vingt-trois carats : car il en a frotté les bossettes contre une pierre que j'ai reconnue être une pierre de touche[20] et que j'ai fait l'essai. J'ai jugé enfin, par les marques que ses fers ont laissées sur des cailloux d'une autre espèce, qu'il était ferré d'argent à onze deniers de fin[21]. »

Tous les juges admirèrent le profond et subtil discernement de Zadig ; la nouvelle en vint jusqu'au roi et à la reine. On ne parlait que de Zadig dans les antichambres, dans la chambre et dans le cabinet ; et quoique plusieurs mages opinassent[22] qu'on devait le brûler comme sorcier, le roi ordonna qu'on lui rendît l'amende des quatre cents onces d'or à laquelle il avait été condamné. Le greffier, les huissiers, les procureurs, vinrent chez lui en grand appareil lui rapporter ses quatre cents onces ; ils en retinrent seulement trois cent quatre-vingt-dix-huit pour les frais de justice, et leurs valets demandèrent des honoraires.

Zadig vit combien il était dangereux quelquefois d'être trop savant, et se promit bien, à la première occasion, de ne point dire ce qu'il avait vu.

Cette occasion se trouva bientôt. Un prisonnier d'État s'échappa ; il passa sous les fenêtres de sa maison. On interrogea Zadig, il ne répondit rien ; mais on lui prouva qu'il avait

19. Pièce du harnais qui passe dans la bouche du cheval et sert à le diriger.
20. Pierre permettant de vérifier la qualité d'un métal précieux.
21. Argent pur.
22. « Opiner » signifie « être d'avis ».

regardé par la fenêtre. Il fut condamné pour ce crime à cinq cents onces d'or, et il remercia ses juges de leur indulgence, selon la coutume de Babylone. « Grand Dieu ! dit-il en lui-même, qu'on est à plaindre quand on se promène dans un bois où la chienne de la reine et le cheval du roi ont passé ! qu'il est dangereux de se mettre à la fenêtre ! et qu'il est difficile d'être heureux dans cette vie ! »

M. C. Escher (1898-1972), ***Cavalier*.**

Questions

Repérer et analyser

Le narrateur et le point de vue

1 Rappelez le statut du narrateur (voir p. 22). Quel est le point de vue utilisé ? Justifiez votre réponse à l'aide de deux ou trois exemples.

Le cadre spatio-temporel

2 Relevez le passage qui fait le lien entre ce chapitre et le précédent. Combien de temps a-t-il pu s'écouler entre les deux ?

3 **a.** Dans quel lieu Zadig se retire-t-il ? Repérez le site sur la carte.
b. Dans quel but se retire-t-il là-bas ?

La structure

4 Retrouvez dans ce chapitre les étapes du schéma narratif (voir p. 23).

Les personnages

5 **a.** Combien de personnages interviennent dans ce récit ? Donnez leurs noms.
b. Lesquels sont associés au conte oriental ? Lesquels sont empruntés à la réalité française de l'époque ?

6 Le personnage de Zadig
a. En quoi le troisième paragraphe démontre-t-il la « sagacité » de Zadig ? Aidez-vous de la note 6 et donnez des exemples tirés du texte.
b. En quoi Zadig est-il capable de faire la lumière sur certaines énigmes ? Quelle signification nouvelle prend rétrospectivement le mot « borgne » (voir p. 24) ? Appuyez-vous notamment sur le champ lexical de la vue.

Un conte initiatique

Zadig, comme les héros des contes traditionnels, traverse diverses épreuves, fait diverses rencontres et suit ainsi les étapes d'une initiation (d'un apprentissage) à la vie.

7 À quelle activité Zadig s'adonne-t-il après ses échecs amoureux ?

8 **a.** En quoi Zadig se montre-t-il maladroit et favorise-t-il sans le savoir son arrestation ?
b. Quelle leçon tire-t-il de son aventure ? Citez le texte.

La réflexion philosophique

L'ironie

9 Relisez la définition de l'ironie (p. 24).
a. Relevez dans la plaidoirie de Zadig les expressions qui désignent les juges. En quoi sont-elles ironiques ?
b. En quoi les lignes 102 à 105 sont-elles ironiques ? Quel adverbe contribue à créer l'ironie ?

L'utilisation du merveilleux

Voltaire utilise le merveilleux à des fins philosophiques. On appelle merveilleux un univers irréel où les animaux parlent, où les objets se métamorphosent, où des puissances magiques interviennent, et où les personnages eux-mêmes sont dotés de qualités ou de défauts hors du commun.

10 **a.** Quel don prête-t-on à Zadig ? Qui le soupçonne de posséder un tel don ?
b. Cette qualité relève-t-elle en réalité du merveilleux ? Justifiez votre réponse en vous appuyant sur les explications que donne Zadig dans sa plaidoirie.
c. Contre quelles croyances Voltaire s'élève-t-il ?

La satire de la justice

La satire critique en s'en moquant une personne, une institution… Le conte philosophique est un moyen pour Voltaire de faire la satire de certains abus de la société de son temps.

11 Quelles sont les deux raisons pour lesquelles Zadig est successivement condamné ?
12 Relisez la phrase : « Le grand veneur et le premier eunuque ne doutèrent pas que Zadig n'eût volé le cheval du roi et la chienne de la reine ; ils le firent conduire devant l'assemblée du grand desterham, qui le condamna au knout et à passer le reste de ses jours en Sibérie. » Quel est l'effet produit par le rythme accéléré de cette phrase ?
13 En quoi l'argent entrave-t-il la bonne marche de la justice ?

La quête du bonheur

14 « Qu'on est à plaindre quand on se promène dans un bois où la chienne de la reine et le cheval du roi ont passé ! qu'il est dangereux de se mettre à la fenêtre ! » (l. 115 à 117). En quoi ce passage présente-t-il des éléments illogiques ? Quel est l'effet produit ?

15 **a.** Quelle est la raison du nouvel échec de Zadig dans sa quête du bonheur ?

b. Relevez la phrase qui exprime sa difficulté à être heureux.

La visée

16 **a.** Quels reproches Voltaire adresse-t-il à l'institution judiciaire ?

b. Quelles sont les différentes visées de ce chapitre ?

Écrire

Exercice de réécriture

17 Récrivez le texte depuis « Le grand veneur et le premier eunuque » (l. 48) jusqu'à « il n'avait point vu ce qu'il avait vu. » (l. 56) en conjuguant les verbes au présent de l'indicatif.

Comparer

Le raisonnement propre à l'énigme policière

Dans ce passage tiré du roman policier de Gaston Leroux *Le Mystère de la chambre jaune* (1907), un jeune reporter de dix-huit ans, Rouletabille, cherche à résoudre l'énigme de l'agression dont a été victime Mlle Stangerson…

Avec le bon bout de ma raison, j'ai tracé un cercle dans lequel j'ai enfermé le problème, et autour du cercle, j'ai déposé mentalement ces lettres flamboyantes : « Puisque l'assassin ne peut être en dehors du cercle, il est dedans ! » Qui vois-je donc, dans ce cercle ? Le bon bout de ma raison me montre, outre l'assassin qui doit nécessairement s'y trouver : le père Jacques, M. Stangerson, Frédéric Larsan et moi ! Cela devait donc faire, avec l'assassin, cinq personnages.

Or, quand je cherche dans le cercle, ou si vous préférez dans la galerie, pour parler matériellement, je ne trouve que quatre personnages. Et il est démontré que le cinquième n'a pu s'enfuir, n'a pu sortir du cercle ! Donc, j'ai, dans le cercle, un personnage qui est deux, c'est-à-dire qui est, outre son personnage, le personnage de l'assassin !... Pourquoi ne m'en étais-je pas aperçu déjà ? Tout simplement parce que le phénomène du doublement du personnage ne s'était pas passé sous mes yeux. [...]

Gaston Leroux, *Le Mystère de la chambre jaune*.

18 **a.** Relevez dans ce passage au moins une phrase explicative. Quel rapport logique exprime-t-elle ?
b. Relevez et classez selon leur nature les connecteurs logiques. Lequel revient le plus souvent ? Quel lien logique exprime-t-il ? Pourquoi ? En quoi l'explication de Rouletabille s'apparente-t-elle à une démonstration mathématique ?

19 En vous aidant des réponses apportées lors des questions précédentes, dites en quoi les explications de Zadig, dans le chapitre 3, s'apparentent à une démonstration mathématique ?

20 À votre avis, Gaston Leroux et Voltaire avaient-ils vraiment le même objectif ?

Enquêter

Les métiers de la justice

21 Faites une recherche sur les métiers de la justice : dites ce qu'est un procureur, un substitut, un magistrat, un huissier, un greffier...

Chapitre 4

L'Envieux

Zadig voulut se consoler par la philosophie et par l'amitié, des maux que lui avait faits la fortune[1]. Il avait, dans un faubourg de Babylone, une maison ornée avec goût, où il rassemblait tous les arts et tous les plaisirs dignes d'un honnête homme. Le matin, sa bibliothèque était ouverte à tous les savants ; le soir, sa table l'était à la bonne compagnie ; mais il connut bientôt combien les savants sont dangereux. Il s'éleva une grande dispute sur une loi de Zoroastre qui défendait de manger du griffon[2]. « Comment défendre le griffon, disaient les uns, si cet animal n'existe pas ? – Il faut bien qu'il existe, disaient les autres, puisque Zoroastre ne veut pas qu'on en mange. » Zadig voulut les accorder, en leur disant : « S'il y a des griffons, n'en mangeons point ; s'il n'y en a point, nous en mangerons encore moins, et par là nous obéirons tous à Zoroastre. »

Un savant, qui avait composé treize volumes sur les propriétés du griffon, et qui de plus était grand théurgite[3], se hâta d'aller accuser Zadig devant un archimage[4] nommé Yébor[5], le plus sot des Chaldéens, et partant le plus fanatique[6]. Cet homme aurait fait empaler Zadig pour la plus grande gloire du soleil, et en aurait récité le bréviaire de Zoroastre d'un ton plus satisfait. L'ami Cador (un ami vaut mieux que cent prêtres) alla trouver le vieux Yébor, et lui dit : « Vivent

1. Destin, sort.
2. Animal fabuleux avec un corps de lion et les ailes et la tête de l'aigle.
3. Grand théologien (spécialiste de la religion).
4. Grand prêtre dans la religion de Zoroastre.
5. Anagramme d'un ennemi de Voltaire, Boyer. Un anagramme est un mot formé des lettres, mises dans le désordre, d'un autre mot.
6. Qui fait preuve d'une passion aveugle en faveur d'une religion, d'une idée.

le soleil et les griffons ! gardez-vous bien de punir Zadig : c'est un saint ; il a des griffons dans sa basse-cour, et il n'en mange point ; et son accusateur est un hérétique qui ose soutenir que les lapins ont le pied fendu et ne sont point immondes. – Eh bien, dit Yébor en branlant sa tête chauve, il faut empaler Zadig pour avoir mal pensé des griffons, et l'autre pour avoir mal parlé des lapins. » Cador apaisa l'affaire par le moyen d'une fille d'honneur à laquelle il avait fait un enfant, et qui avait beaucoup de crédit dans le collège des mages. Personne ne fut empalé ; de quoi plusieurs docteurs murmurèrent, et en présagèrent la décadence[7] de Babylone. Zadig s'écria : « À quoi tient le bonheur ! tout me persécute dans ce monde, jusqu'aux êtres qui n'existent pas. » Il maudit les savants, et ne voulut plus vivre qu'en bonne compagnie.

Il rassemblait chez lui les plus honnêtes gens de Babylone et les dames les plus aimables ; il donnait des soupers délicats, souvent précédés de concerts, et animés par des conversations charmantes dont il avait su bannir l'empressement[8] de montrer de l'esprit, qui est la plus sûre manière de n'en point avoir et de gâter la société la plus brillante. Ni le choix de ses amis ni celui des mets n'étaient faits par la vanité[9] : car en tout il préférait l'être au paraître ; et par là il s'attirait la considération véritable, à laquelle il ne prétendait pas.

Vis-à-vis sa maison demeurait Arimaze, personnage dont la méchante âme était peinte sur sa grossière physionomie. Il était rongé de fiel[10] et bouffi d'orgueil ; et, pour comble, c'était un bel esprit ennuyeux. N'ayant jamais pu réussir dans le monde, il se vengeait par en médire[11]. Tout riche qu'il était, il avait de la peine à rassembler chez lui des flatteurs. Le bruit des chars qui entraient le soir chez Zadig l'importunait,

7. Chute.
8. Hâte.
9. Orgueil (ici).

10. Haine.
11. Dire du mal de quelqu'un ou de quelque chose.

le bruit de ses louanges l'irritait davantage. Il allait quelquefois chez Zadig, et se mettait à table sans être prié : il y corrompait[12] toute la joie de la société, comme on dit que les harpies[13] infectent les viandes qu'elles touchent. Il lui arriva un jour de vouloir donner une fête à une dame qui, au lieu de la recevoir, alla souper chez Zadig. Un autre jour, causant avec lui dans le palais, ils abordèrent un ministre qui pria Zadig à souper, et ne pria point Arimaze. Les plus implacables haines n'ont pas souvent des fondements[14] plus importants. Cet homme, qu'on appelait l'envieux dans Babylone, voulut perdre Zadig qu'on appelait l'Heureux. L'occasion de faire du mal se trouve cent fois par jour, et celle de faire du bien une fois dans l'année, comme dit Zoroastre.

L'envieux alla chez Zadig, qui se promenait dans ses jardins avec deux amis et une dame, à laquelle il disait souvent des choses galantes, sans autre intention que celle de les dire. La conversation roulait sur une guerre que le roi venait de terminer heureusement contre le prince d'Hyrcanie[15], son vassal. Zadig, qui avait signalé son courage dans cette courte guerre, louait beaucoup le roi, et encore plus la dame. Il prit ses tablettes[16], et écrivit quatre vers qu'il fit sur-le-champ et qu'il donna à lire à cette belle personne. Ses amis le prièrent de leur en faire part ; la modestie, ou plutôt un amour-propre bien entendu, l'en empêcha. Il savait que des vers impromptus[17] ne sont jamais bons que pour celle en l'honneur de qui ils sont faits : il brisa en deux la feuille des tablettes sur laquelle il venait d'écrire, et jeta les deux moitiés dans un buisson de roses où on les chercha inutilement. Une petite pluie survint ; on regagna la maison. L'envieux, qui resta

12. Pourrissait.
13. Monstres de la mythologie grecque, mi-femmes, mi-vautours.
14. Raisons, causes.
15. L'Hyrcanie se situe le long de la mer Caspienne (voir la carte p. 16-17). Les Hyrcaniens avaient la réputation de chercher la guerre.
16. Planchettes destinées à recevoir des inscriptions (c'est l'équivalent de nos feuilles).
17. Improvisés.

dans le jardin, chercha tant qu'il trouva un morceau de la feuille. Elle avait été tellement rompue que chaque moitié de vers qui remplissait la ligne faisait un sens, et même un vers d'une plus petite mesure ; mais par un hasard encore plus étrange, ces petits vers se trouvaient former un sens qui contenait les injures les plus horribles contre le roi. On y lisait :

Par les plus grands forfaits
Sur le trône affermi,
Dans la publique paix
C'est le seul ennemi.

L'envieux fut heureux pour la première fois de sa vie. Il avait entre les mains de quoi perdre un homme vertueux et aimable. Plein de cette cruelle joie, il fit parvenir jusqu'au roi cette satire écrite de la main de Zadig : on le fit mettre en prison, lui, ses deux amis et la dame. Son procès lui fut bientôt fait, sans qu'on daignât l'entendre. Lorsqu'il vint recevoir sa sentence[18], l'envieux se trouva sur son passage, et lui dit tout haut que ses vers ne valaient rien. Zadig ne se piquait pas[19] d'être un bon poète ; mais il était au désespoir d'être condamné comme criminel de lèse-majesté[20] et de voir qu'on retînt en prison une belle dame et deux amis pour un crime qu'il n'avait pas fait. On ne lui permit pas de parler, parce que ses tablettes parlaient. Telle était la loi de Babylone. On le fit donc aller au supplice à travers une foule de curieux, dont aucun n'osait le plaindre, et qui se précipitaient pour examiner son visage et pour voir s'il mourrait avec bonne grâce. Ses parents seulement étaient affligés, car ils n'héritaient pas. Les trois-quarts de son bien étaient confisqués au profit du roi, et l'autre quart au profit de l'envieux.

Dans le temps qu'il se préparait à la mort, le perroquet du roi s'envola de son balcon, et s'abattit dans le jardin de Zadig

18. Jugement.
19. Ne prétendait pas.
20. Sorte d'attentat commis contre l'autorité du souverain.

sur un buisson de roses. Une pêche y avait été portée d'un arbre voisin par le vent : elle était tombée sur un morceau de tablette à écrire auquel elle s'était collée. L'oiseau enleva la pêche et la tablette, et les porta sur les genoux du monarque. Le prince, curieux, y lut des mots qui ne formaient aucun sens, et qui paraissaient des fins de vers. Il aimait la poésie, et il y a toujours de la ressource avec les princes qui aiment les vers : l'aventure de son perroquet le fit rêver. La reine, qui se souvenait de ce qui avait été écrit sur une pièce de la tablette de Zadig, se la fit apporter. On confronta les deux morceaux, qui s'ajustaient ensemble parfaitement ; on lut alors les vers tels que Zadig les avaient faits :

Par les plus grands forfaits j'ai vu troubler la terre.
Sur le trône affermi, le roi sait tout dompter.
Dans la publique paix l'amour seul fait la guerre :
C'est le seul ennemi qui soit à redouter.

Le roi ordonna aussitôt qu'on fît venir Zadig devant lui, et qu'on fît sortir de prison ses deux amis et la belle dame. Zadig se jeta le visage contre terre aux pieds du roi et de la reine : il leur demanda très humblement pardon d'avoir fait de mauvais vers ; il parla avec tant de grâce, d'esprit et de raison que le roi et la reine voulurent le revoir. Il revint et plut, encore davantage. On lui donna tous les biens de l'envieux qui l'avait injustement accusé ; mais Zadig les rendit tous, et l'envieux ne fut touché que du plaisir de ne pas perdre son bien. L'estime du roi s'accrut de jour en jour pour Zadig. Il le mettait de tous ses plaisirs et le consultait dans toutes ses affaires. La reine le regarda dès lors avec une complaisance[21] qui pouvait devenir dangereuse pour elle, pour le roi son auguste époux, pour Zadig et pour le royaume. Zadig commençait à croire qu'il n'est pas difficile d'être heureux.

21. Avec amitié et bienveillance.

Questions

Repérer et analyser

La situation d'énonciation et le point de vue

1 Les commentaires

> Quand le narrateur est extérieur à l'histoire, il peut manifester sa présence par des commentaires. Ces commentaires sont souvent au présent d'énonciation, ils sont parfois entre parenthèses.

a. Rappelez le statut du narrateur (voir p. 22).
b. Relevez un commentaire du narrateur au début et à la fin du chapitre. À quels indices les avez-vous repérés ? Sur quels personnages ces commentaires portent-ils ?

2 Montrez que le narrateur adopte un point de vue omniscient.

La structure du chapitre

3 Le chapitre est construit autour de deux récits. Après les avoir délimités, vous direz de quoi il est question dans le premier récit ; puis vous raconterez ce qui se passe dans le deuxième récit.

Le parcours de Zadig

4 Relisez le début du conte. De quelle façon Zadig souhaite-t-il se consoler de tous les malheurs qui l'ont frappé dans les chapitres précédents ?

5 De quelles qualités Zadig fait-il preuve dans ce chapitre ?

6 Adjuvants et opposants

> Dans sa quête du bonheur, Zadig rencontre des alliés (ou adjuvants) qui l'aident et des adversaires (ou opposants) qui lui nuisent. Ces adjuvants et opposants peuvent être des personnages, des animaux, des objets et même des sentiments.

a. Quels personnages Zadig rencontre-t-il au cours de ce chapitre ? Relevez les mots et expressions qui les caractérisent.
b. Lesquels sont des adjuvants ? Lesquels sont des opposants ?

7 Par deux fois, dans ce chapitre, Zadig risque la mort. Quand ? Pour quelle raison ? Comment y échappe-t-il ?

La réflexion philosophique

Zadig et la quête du bonheur

8 Montrez qu'au cours du chapitre Zadig oscille entre le bonheur et le malheur. En quoi apparaît-il comme le jouet du destin ?

9 Une phrase à la fin du chapitre montre que Zadig croit avoir trouvé le bonheur. Relevez-la puis dites si le lecteur peut croire au bonheur de Zadig.

La satire

10 **a.** L'archimage Yébor est qualifié de « fanatique ». Qu'est-ce qu'un fanatique ?

b. Cherchez ce qu'est un délit d'opinion puis montrez, en citant le texte, que Yébor veut faire condamner Zadig pour délit d'opinion.

11 « Son procès lui fut bientôt fait, sans qu'on daignât l'entendre » (l. 96-97). De quoi Voltaire fait-il la satire (voir p. 37) ?

La visée

12 Quelles sont les visées de ce chapitre ? Appuyez-vous sur l'ensemble de vos réponses.

Écrire

Rédiger un paragraphe argumentatif

13 Pensez-vous qu'il faudrait plus de bibliothèques municipales ? Rédigez un paragraphe dans lequel vous exprimerez votre point de vue à l'aide d'arguments.

Débattre

Le rôle des livres

14 Au début de ce chapitre, Voltaire écrit : « Le matin, sa bibliothèque était ouverte à tous les savants ; le soir, sa table l'était à la bonne compagnie… » Pensez-vous que les livres soient nécessaires ou suffisants pour s'instruire ? Justifiez votre position par des arguments.

Chapitre 5

Les Généreux

Le temps arriva où l'on célébrait une grande fête qui revenait tous les cinq ans. C'était la coutume à Babylone de déclarer solennellement, au bout de cinq années, celui des citoyens qui avait fait l'action la plus généreuse. Les grands et les mages étaient les juges. Le premier satrape[1], chargé du soin de la ville, exposait les plus belles actions qui s'étaient passées sous son gouvernement. On allait aux voix[2] ; le roi prononçait un jugement. On venait à cette solennité des extrémités de la terre. Le vainqueur recevait des mains du monarque une coupe d'or garnie de pierreries, et le roi lui disait ces paroles : « Recevez ce prix de la générosité, et puissent les dieux me donner beaucoup de sujets qui vous ressemblent ! »

Ce jour mémorable venu, le roi parut sur son trône, environné des grands, des mages, et des députés de toutes les nations qui venaient à ces jeux, où la gloire s'acquérait non par la légèreté des chevaux, non par la force du corps, mais par la vertu. Le premier satrape rapporta à haute voix les actions qui pouvaient mériter à leurs auteurs ce prix inestimable. Il ne parla point de la grandeur d'âme avec laquelle Zadig avait rendu à l'envieux toute sa fortune : ce n'était pas une action qui méritât de disputer le prix.

Il présenta d'abord un juge qui, ayant fait perdre un procès considérable à un citoyen par une méprise dont il n'était pas responsable, lui avait donné tout son bien, qui était la valeur de ce que l'autre avait perdu.

Il produisit ensuite un jeune homme qui, étant éperdument épris d'une fille qu'il allait épouser, l'avait cédée à un ami près

1. Gouverneur de province chez les anciens Perses.
2. On votait.

d'expirer d'amour pour elle, et qui avait encore payé la dot[3] en cédant la fille.

Ensuite il fit paraître un soldat qui, dans la guerre d'Hyrcanie, avait donné encore un plus grand exemple de générosité. Des soldats ennemis lui enlevaient sa maîtresse, et il la défendait contre eux ; on vint lui dire que d'autres Hyrcaniens enlevaient sa mère à quelques pas de là : il quitta en pleurant sa maîtresse, et courut délivrer sa mère ; il retourna ensuite vers celle qu'il aimait, et la trouva expirante. Il voulut se tuer ; sa mère lui remontra qu'elle n'avait que lui pour tout secours, et il eut le courage de souffrir[4] la vie.

Les juges penchaient pour ce soldat. Le roi prit la parole, et dit : « Son action et celle des autres sont belles ; mais elles ne m'étonnent point ; hier Zadig en a fait une qui m'a étonné. J'avais disgracié depuis quelques jours mon ministre et mon favori Coreb. Je me plaignais de lui avec violence, et tous mes courtisans m'assuraient que j'étais trop doux ; c'était à qui me dirait le plus de mal de Coreb. Je demandai à Zadig ce qu'il en pensait, et il osa en dire du bien. J'avoue que j'ai vu, dans nos histoires, des exemples qu'on a payé de son bien une erreur, qu'on a cédé sa maîtresse, qu'on a préféré une mère à l'objet de son amour ; mais je n'ai jamais lu qu'un courtisan ait parlé avantageusement d'un ministre disgracié, contre qui son souverain était en colère. Je donne vingt mille pièces d'or à chacun de ceux dont on vient de réciter les actions généreuses ; mais je donne la coupe à Zadig.

– Sire, lui dit-il, c'est Votre Majesté seule qui mérite la coupe, c'est elle qui a fait l'action la plus inouïe, puisque, étant roi, vous ne vous êtes pas fâché contre votre esclave, lorsqu'il contredisait votre passion. »

3. Biens qu'une femme apporte en se mariant.
4. Ici, supporter.

On admira le roi et Zadig. Le juge qui avait donné son bien, l'amant qui avait marié sa maîtresse à son ami, le soldat qui avait préféré le salut de sa mère à celui de sa maîtresse, reçurent les présents du monarque ; ils virent leurs noms écrits dans le livre des généreux. Zadig eut la coupe. Le roi acquit la réputation d'un bon prince, qu'il ne garda pas longtemps. Ce jour fut consacré par des fêtes plus longues que la loi ne le portait. La mémoire s'en conserve encore dans l'Asie. Zadig disait : « Je suis donc enfin heureux ! » Mais il se trompait.

M. Van Heemskerck (1498-1574), ***Les jardins suspendus de Babylone*****,**
Paris, Musée du Louvre.

Chapitre 6

Le Ministre

Le roi avait perdu son premier ministre. Il choisit Zadig pour remplir cette place. Toutes les belles dames de Babylone applaudirent à ce choix ; car depuis la fondation de l'empire il n'y avait jamais eu de ministre si jeune. Tous les courtisans furent fâchés ; l'envieux en eut un crachement de sang, et le nez lui enfla prodigieusement. Zadig, ayant remercié le roi et la reine, alla remercier aussi le perroquet : « Bel oiseau, lui dit-il, c'est vous qui m'avez sauvé la vie, et qui m'avez fait premier ministre : la chienne et le cheval de Leurs Majestés m'avaient fait beaucoup de mal, mais vous m'avez fait du bien. Voilà donc de quoi dépendent les destins des hommes ! Mais, ajouta-t-il, un bonheur si étrange sera peut-être bientôt évanoui. » Le perroquet répondit : « Oui. » Ce mot frappa Zadig ; cependant, comme il était bon physicien et qu'il ne croyait pas que les perroquets fussent prophètes[1], il se rassura bientôt, et se mit à exercer son ministère de son mieux.

Il fit sentir à tout le monde le pouvoir sacré des lois, et ne fit sentir à personne le poids de sa dignité. Il ne gêna point les voix du divan[2], et chaque vizir pouvait avoir un avis sans lui déplaire. Quand il jugeait une affaire, ce n'était pas lui qui jugeait, c'était la loi ; mais, quand elle était trop sévère, il la tempérait, et, quand on manquait de lois, son équité[3] en faisait qu'on aurait prises pour celles de Zoroastre.

C'est de lui que les nations tiennent ce grand principe : qu'il vaut mieux hasarder de sauver un coupable que de condamner un innocent. Il croyait que les lois étaient faites pour secourir

1. Ici, personnes qui prédisent l'avenir.
2. Conseil des ministres (les vizirs) présidé par le roi ou le grand vizir.
3. Fait d'être équitable et juste.

les citoyens autant que pour les intimider. Son principal talent était de démêler la vérité, que tous les hommes cherchent à obscurcir.

Dès les premiers jours de son administration il mit ce grand talent en usage. Un fameux négociant de Babylone était mort aux Indes ; il avait fait ses héritiers ses deux fils par portions égales, après avoir marié leur sœur, et il laissait un présent de trente mille pièces d'or à celui de ses deux fils qui serait jugé l'aimer davantage. L'aîné lui bâtit un tombeau, le second augmenta d'une partie de son héritage la dot de sa sœur ; chacun disait : « C'est l'aîné qui aime le mieux son père ; le cadet aime mieux sa sœur ; c'est à l'aîné qu'appartiennent les trente mille pièces. »

Zadig les fit venir tous deux l'un après l'autre. Il dit à l'aîné : « Votre père n'est point mort, il est guéri de sa dernière maladie, il revient à Babylone. – Dieu soit loué, répondit le jeune homme ; mais voilà un tombeau qui m'a coûté bien cher ! » Zadig dit ensuite la même chose au cadet : « Dieu soit loué, répondit-il, je vais rendre à mon père tout ce que j'ai ; mais je voudrais qu'il laissât à ma sœur ce que je lui ai donné. – Vous ne rendrez rien, dit Zadig, et vous aurez les trente mille pièces : c'est vous qui aimez le mieux votre père. »

Une fille fort riche avait fait une promesse de mariage à deux mages, et, après avoir reçu quelques mois des instructions de l'un et de l'autre, elle se trouva grosse[4]. Ils voulaient tous deux l'épouser. « Je prendrai pour mon mari, dit-elle, celui des deux qui m'a mise en état de donner un citoyen à l'empire. – C'est moi qui ai fait cette bonne œuvre, dit l'un. – C'est moi qui ai eu cet avantage, dit l'autre. – Eh bien, répondit-elle, je reconnais pour père de l'enfant celui des deux qui lui pourra donner la meilleure éducation. » Elle accoucha d'un fils. Chacun

4. Enceinte.

des mages veut l'élever. La cause est portée devant Zadig. Il fait venir les deux mages. « Qu'enseigneras-tu à ton pupille ? dit-il au premier. – Je lui apprendrai, dit le docteur, les huit parties d'oraison, la dialectique, l'astrologie, la démonomanie, ce que c'est que la substance et l'accident, l'abstrait et le concret, les monades et l'harmonie préétablie[5]. – Moi, dit le second, je tâcherai de le rendre juste et digne d'avoir des amis. » Zadig prononça : « Que tu sois son père ou non, tu épouseras sa mère. »

Moraqqa, *Le shâh Soliman et ses courtisans*, miniature, Iran, 1674, Saint Petersbourg, Institut d'études orientales.

5. Ce sont les disciplines traditionnelles de l'époque de Voltaire.

Chapitre 7

Les Disputes et les Audiences[1]

C'est ainsi qu'il montrait tous les jours la subtilité de son génie et la bonté de son âme ; on l'admirait, et cependant on l'aimait. Il passait pour le plus fortuné[2] de tous les hommes ; tout l'empire était rempli de son nom ; toutes les femmes le lorgnaient[3] ; tous les citoyens célébraient sa justice ; les savants le regardaient comme leur oracle[4] ; les prêtres même avouaient qu'il en savait plus que le vieux archimage Yébor. On était bien loin alors de lui faire des procès sur les griffons ; on ne croyait que ce qui lui semblait croyable.

Il y avait une grande querelle[5] dans Babylone, qui durait depuis quinze cents années, et qui partageait l'empire en deux sectes opiniâtres[6]: l'une prétendait qu'il ne fallait jamais entrer dans le temple de Mithra[7] que du pied gauche ; l'autre avait cette coutume en abomination[8], et n'entrait jamais que du pied droit. On attendait le jour de la fête solennelle du feu sacré pour savoir quelle secte serait favorisée par Zadig. L'univers avait les yeux sur ses deux pieds, et toute la ville était en agitation et en suspens. Zadig entra dans le temple en sautant à pieds joints et il prouva ensuite, par un discours éloquent, que le Dieu du ciel et de la terre, qui n'a acception de personne[9], ne fait pas plus de cas de la jambe gauche que de la jambe droite.

L'envieux et sa femme prétendirent que dans son discours il n'y avait pas assez de figures[10], qu'il n'avait pas fait assez

1. Rendez-vous où l'on reçoit quelqu'un pour l'écouter.
2. Chanceux.
3. Voulaient le séduire.
4. Comme une personne qui parle d'autorité et qu'il faut croire.
5. Dispute.
6. Obstinées.
7. Divinité de la religion persane représentant le feu sacré et le soleil.
8. En horreur.
9. Qui n'a de préférence pour personne.
10. De figures de style pour embellir la phrase.

danser les montagnes et les collines. « Il est sec et sans génie, disaient-ils : on ne voit chez lui ni la mer s'enfuir, ni les étoiles tomber, ni le soleil se fondre comme de la cire ; il n'a point le bon style oriental. » Zadig se contentait d'avoir le style de la raison. Tout le monde fut pour lui, non pas parce qu'il était dans le bon chemin, non pas parce qu'il était raisonnable, non pas parce qu'il était aimable, mais parce qu'il était premier vizir[11].

Il termina aussi heureusement le grand procès entre les mages blancs et les mages noirs[12]. Les blancs soutenaient que c'était une impiété[13] de se tourner, en priant Dieu, vers l'orient d'hiver ; les noirs assuraient que Dieu avait en horreur les prières des hommes qui se tournaient vers le couchant d'été. Zadig ordonna qu'on se tournât comme on voudrait.

Il trouva ainsi le secret d'expédier[14] le matin les affaires particulières et les générales ; le reste du jour, il s'occupait des embellissements de Babylone ; il faisait représenter des tragédies où l'on pleurait, et des comédies où l'on riait ; ce qui était passé de mode depuis longtemps, et ce qu'il fit renaître parce qu'il avait du goût. Il ne prétendait pas en savoir plus que les artistes ; il les récompensait par des bienfaits et des distinctions[15], et n'était point jaloux en secret de leurs talents. Le soir, il amusait beaucoup le roi, et surtout la reine. Le roi disait : « Le grand ministre ! », la reine disait : « L'aimable[16] ministre ! » et tous deux ajoutaient : « C'eût été grand dommage qu'il eût été pendu. »

Jamais homme en place ne fut obligé de donner tant d'audiences aux dames. La plupart venaient lui parler des affaires qu'elles n'avaient point, pour en avoir une avec lui[17]. La femme

11. Premier ministre.
12. Allusion aux prêtres catholiques vêtus en blanc et aux protestants vêtus en noir.
13. Un sacrilège.
14. Traiter rapidement.
15. Titres honorifiques.
16. Digne d'être aimé (ici).
17. Avoir une histoire d'amour avec Zadig.

de l'envieux s'y présenta des premières ; elle lui jura par Mithra, par Zend-Avesta[18], et par le feu sacré[19], qu'elle avait détesté la conduite de son mari ; elle lui confia ensuite que ce mari était un jaloux, un brutal ; elle lui fit entendre que les dieux le punissaient en lui refusant les précieux effets de ce feu sacré par lequel seul l'homme est semblable aux immortels : elle finit par laisser tomber sa jarretière[20] ; Zadig la ramassa avec sa politesse ordinaire, mais il ne la rattacha point au genou de la dame ; et cette petite faute, si c'en est une, fut la cause des plus horribles infortunes[21]. Zadig n'y pensa pas, et la femme de l'envieux y pensa beaucoup.

D'autres dames se présentaient tous les jours. Les annales[22] secrètes de Babylone prétendent qu'il succomba une fois, mais qu'il fut tout étonné de jouir sans volupté, et d'embrasser son amante avec distraction. Celle à qui il donna, presque sans s'en apercevoir, des marques de sa protection, était une femme de chambre de la reine Astarté[23]. Cette tendre Babylonienne se disait à elle-même pour se consoler : « Il faut que cet homme-là ait prodigieusement d'affaires dans la tête, puisqu'il y songe encore même en faisant l'amour. » Il échappa à Zadig, dans les instants où plusieurs personnes ne disent mot, et où d'autres ne prononcent que des paroles sacrées, de s'écrier tout d'un coup : « La reine ! » La Babylonienne crut qu'enfin il était revenu à lui dans un bon moment et qu'il lui disait : « Ma reine ! » Mais Zadig, toujours très distrait, prononça le nom d'Astarté. La dame, qui dans ces heureuses circonstances interprétait tout à son avantage, s'imagina que cela voulait dire : « Vous êtes plus belle que la reine Astarté ! » Elle sortit du sérail[24] de Zadig

18. Divinité (ici).
19. Mithra, principe du feu sacré, était aussi le principe de la fécondité universelle.
20. Cordon destiné à tenir les bas.
21. Malheurs.
22. Recueils annuels des événements.
23. Le nom de la reine est aussi celui d'une divinité syrienne, assimilée tantôt à Artémis (déesse de la chasse), tantôt à Aphrodite (déesse de l'amour).
24. Palais mais aussi harem de ce palais.

avec de très beaux présents. Elle alla conter son aventure à l'envieuse, qui était son amie intime : celle-ci fut cruellement piquée de la préférence. « Il n'a pas daigné seulement, dit-elle, me rattacher ma jarretière que voici, et dont je ne veux plus me servir. – Oh ! oh ! dit la fortunée à l'envieuse, vous portez les mêmes jarretières que la reine ! Vous les prenez donc chez la même faiseuse[25] ? » L'envieuse rêva profondément, ne répondit rien, et alla consulter son mari l'envieux.

Cependant Zadig s'apercevait qu'il avait toujours des distractions quand il donnait des audiences et quand il jugeait ; il ne savait à quoi les attribuer : c'était là sa seule peine.

Il eut un songe : il lui semblait qu'il était couché d'abord sur des herbes sèches, parmi lesquelles il y en avait quelques-unes de piquantes qui l'incommodaient, et qu'ensuite il reposait mollement sur un lit de roses, dont il sortait un serpent qui le blessait au cœur de sa langue acérée et envenimée. « Hélas ! disait-il, j'ai été longtemps couché sur ces herbes sèches et piquantes, je suis maintenant sur le lit de roses ; mais quel sera le serpent ? »

25. Celle qui les fabrique.

Repérer et analyser

Le statut du narrateur et le point de vue

1 **a.** Relevez, à la fin du chapitre 5, une intervention du narrateur. En quoi cette intervention montre-t-elle que le narrateur donne au lecteur une connaissance globale des événements ?
b. Quel est le point de vue dominant utilisé dans les trois chapitres ?

Le conte oriental

Le cadre oriental

2 Dans les trois chapitres, quels sont les noms propres qui se réfèrent à l'Orient ?

Les signes prémonitoires

> Les songes et autres signes prémonitoires (qui annoncent l'avenir) font partie de la tradition des contes orientaux.

3 **a.** Les chapitres 5, 6 et 7 sont émaillés de signes et de phrases qui annoncent que le bonheur de Zadig sera de courte durée. Retrouvez-les.
b. Comment interprétez-vous : « les herbes sèches et piquantes » ? « le lit de roses » ?

Le style oriental

4 **a.** Relisez le troisième paragraphe du chapitre 7 et dites comment l'envieux et sa femme définissent le « bon style oriental ».
b. Citez l'expression qui désigne le style de Zadig. En quoi s'oppose-t-il au « bon style oriental » ?

Le parcours de Zadig

5 **a.** Quel rôle Zadig a-t-il occupé dès la fin du chapitre 4 ?
b. Dans quelle circonstance se distingue-t-il des autres généreux dans le chapitre 5 ? De quelle qualité fait-il preuve ?
c. Quel titre acquiert-il dans le chapitre 6 ? Quelles sont les autres qualités qui lui sont reconnues ?
d. Quelle réputation acquiert-il dans le chapitre 7 ? À quel type de querelles met-il fin ? De quelle façon ?

La réflexion philosophique

La quête du bonheur

6 **a.** Relevez, à la fin du chapitre 5, la phrase qui annonce que Zadig a trouvé le bonheur. Qui en est l'énonciateur ?
b. En quoi peut-on dire que, dans ces trois chapitres, Zadig semble effectivement avoir trouvé le bonheur ?
c. Quel commentaire du narrateur (voir la question 1, p. 57, et la leçon, p. 45) laisse présager une suite moins heureuse ?

Le souverain éclairé

7 **a.** Quels sont les grands principes de Zadig ?
b. Relisez les paragraphes 2 et 3 du chapitre 6 et les paragraphes 1 à 6 du chapitre 7. Comment Zadig applique-t-il ces principes dans ses actes ?
c. Relisez les paragraphes 4, 5 et 6 du chapitre 6. En quoi Zadig se montre-t-il juste ? De quelles qualités fait-il preuve ?

Les hommes face au pouvoir

8 Relisez le premier paragraphe du chapitre 7.
a. Montrez en relevant les pronoms et les adjectifs indéfinis que l'homme au pouvoir est l'objet d'une admiration sans borne.
b. Relisez les lignes 7 à 9. En quoi cette phrase est-elle ironique ?

La religion

9 Zadig « prouva (…) que le Dieu du ciel et de la terre, qui n'a acception de personne, ne fait pas plus de cas de la jambe gauche que de la jambe droite. » (l. 19 à 21). De quoi Voltaire fait-il ici la satire ?

La visée

10 Quels comportements humains Voltaire critique-t-il dans ces chapitres ? Quel est son idéal politique ?

Écrire

Exercice de réécriture

11 Récrivez le passage du chapitre 6 depuis « Il fit sentir à tout le monde » (l. 17) jusqu'à « pour celles de Zoroastre » (l. 23) en remplaçant « il » par « je ».

Se documenter

La peine de mort

Dans le chapitre 6, Voltaire condamne la peine de mort : « C'est de [Zadig] que les nations tiennent ce grand principe : qu'il vaut mieux hasarder de sauver un coupable que de condamner un innocent. » (l. 24 à 26). Beaucoup d'écrivains, à sa suite, donneront leur avis sur la peine capitale et la dénonceront comme un acte barbare.

Victor Hugo au XIXe siècle n'abandonna jamais son combat contre la peine de mort et dans *Claude Gueux*, histoire inspirée de faits réels, il raconte la mort atroce du héros accusé d'avoir volé du pain. Pour Victor Hugo, la solution aux crimes et désordres des hommes ne se trouve pas dans la peine de mort, mais dans l'éducation que la société doit distribuer généreusement à tous les humains quels qu'ils soient. « Tel a assassiné sur les grandes routes qui, mieux dirigé, eût été le plus excellent serviteur de la cité. Cette tête de l'homme du peuple, cultivez-la, défrichez-la, arrosez-la, fécondez-la, éclairez-la, moralisez-la, utilisez-la ; vous n'aurez pas besoin de la couper. »

Au XXe siècle, un autre grand écrivain, Albert Camus, dénonce à son tour le châtiment suprême en évoquant le fait que le coupable est parfois innocent et proclamé, trop tard, innocent. Dans ses « Réflexions sur la guillotine » (dans *Réflexions sur la peine capitale*), il rappelle un cas très instructif.

« Hier, 15 mars 1957, a été exécuté en Californie Burton Abbott, condamné à mort pour avoir assassiné une fillette de quatorze ans. Voilà, je crois, le genre de crime odieux qui classe son auteur parmi les irrécupérables. Bien qu'Abbott ait toujours protesté de son innocence, il fut condamné. Son exécution avait été fixée le 15 mars, à 10 heures. À 9 h 10, un sursis était accordé pour permettre aux défenseurs de présenter un dernier recours. À 11 heures, l'appel était rejeté. À 11 h 15, Abbott entrait dans la chambre à gaz. À 11 h 18, il respirait les premières bouffées de gaz. À 11 h 20, le secrétaire de la Commission des grâces appelait au téléphone. La Commission s'était ravisée. On avait cherché le gouverneur qui était parti en mer, puis on avait appelé directement la prison.

On tira Abbott de la chambre à gaz. Il était trop tard. Si seulement le temps, hier, avait été orageux au-dessus de la Californie, le gouverneur ne serait pas allé en mer. Il aurait téléphoné deux minutes plus tôt : Abbott, aujourd'hui, serait vivant et verrait peut-être son innocence prouvée. Toute autre peine, même la plus dure, lui laissait cette chance. La peine de mort ne lui en laissait aucune. »

Albert Camus, *Réflexions sur la guillotine*, in *Essais*, bibliothèque de la Pléiade, © Éd. Gallimard.

Enquêter

La peine de mort

12 **a.** À quelle date la peine de mort a-t-elle été abolie en France ? Par qui ?

b. Quels états des États-Unis ont-ils maintenu la peine de mort ? La criminalité a-t-elle diminué dans ces états ? La peine de mort est-elle, selon vous, dissuasive ?

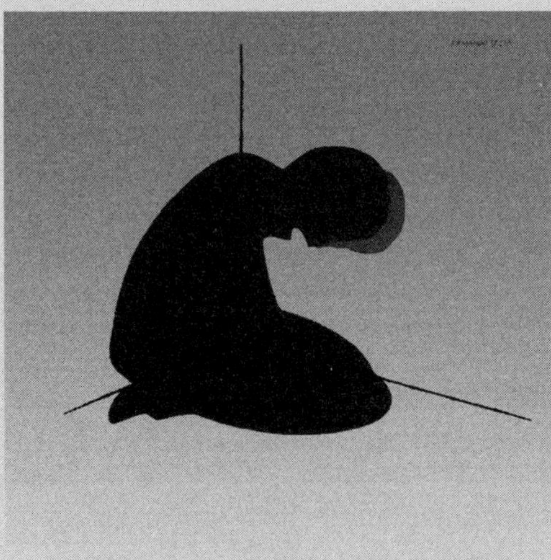

Affiche contre la peine de mort.

Chapitre 8

La Jalousie

Le malheur de Zadig vint de son bonheur même, et surtout de son mérite. Il avait tous les jours des entretiens avec le roi et avec Astarté, son auguste[1] épouse. Les charmes de la conversation redoublaient encore par cette envie de plaire qui est à l'esprit ce que la parure est à la beauté ; sa jeunesse et ses grâces firent insensiblement sur Astarté une impression dont elle ne s'aperçut pas d'abord. Sa passion croissait dans le sein de l'innocence. Astarté se livrait sans scrupule et sans crainte au plaisir de voir et d'entendre un homme cher à son époux et à l'État ; elle ne cessait de le vanter au roi ; elle en parlait à ses femmes qui enchérissaient encore sur ses louanges[2] ; tout servait à enfoncer dans son cœur le trait[3] qu'elle ne sentait pas. Elle faisait des présents à Zadig, dans lesquels il entrait plus de galanterie[4] qu'elle ne pensait ; elle croyait ne lui parler qu'en reine contente de ses services, et quelquefois ses expressions étaient d'une femme sensible[5].

Astarté était beaucoup plus belle que cette Sémire qui haïssait tant les borgnes, et que cette autre femme qui avait voulu couper le nez à son époux. La familiarité d'Astarté, ses discours tendres, dont elle commençait à rougir, ses regards, qu'elle voulait détourner, et qui se fixaient sur les siens, allumèrent dans le cœur de Zadig un feu dont il s'étonna. Il combattit ; il appela à son secours la philosophie, qui l'avait toujours secouru ; il n'en tira que des lumières[6], et n'en reçut aucun soulagement. Le devoir, la reconnaissance, la majesté

1. Noble.
2. Qui faisaient encore plus d'éloges de Zadig.
3. Flèche lancée par le dieu de l'amour.
4. Séduction.
5. Sensible à l'amour.
6. La compréhension qu'il était amoureux.

souveraine violée[7], se présentaient à ses yeux comme des dieux vengeurs ; il combattait, il triomphait ; mais cette victoire, qu'il fallait remporter à tout moment, lui coûtait des gémissements et des larmes. Il n'osait plus parler à la reine avec cette douce liberté qui avait eu tant de charmes pour tous deux ; ses yeux se couvraient d'un nuage ; ses discours étaient contraints[8] et sans suite ; il baissait la vue ; et quand, malgré lui, ses regards se tournaient vers Astarté, ils rencontraient ceux de la reine mouillés de pleurs, dont il partait des traits de flamme ; ils semblaient se dire l'un à l'autre : « Nous nous adorons, et nous craignons de nous aimer ; nous brûlons tous deux d'un feu que nous condamnons. »

Zadig sortait d'auprès d'elle égaré, éperdu, le cœur surchargé d'un fardeau[9] qu'il ne pouvait plus porter : dans la violence de ses agitations, il laissa pénétrer[10] son secret à son ami Cador, comme un homme qui, ayant soutenu longtemps les atteintes d'une vive douleur, fait enfin connaître son mal par un cri qu'un redoublement aigu lui arrache, et par la sueur froide qui coule sur son front.

Cador lui dit : « J'ai déjà démêlé les sentiments que vous vouliez vous cacher à vous-même ; les passions ont des signes auxquels on ne peut se méprendre. Jugez, mon cher Zadig, puisque j'ai lu dans votre cœur, si le roi n'y découvrira pas un sentiment qui l'offense. Il n'a d'autre défaut que celui d'être le plus jaloux des hommes. Vous résistez à votre passion avec plus de force que la reine ne combat la sienne, parce que vous êtes philosophe et parce que vous êtes Zadig. Astarté est femme ; elle laisse parler ses regards avec d'autant plus d'imprudence qu'elle ne se croit pas encore coupable. Malheureusement

7. En osant être amoureux de la reine, Zadig offense le roi.
8. Pas naturels.
9. Poids.
10. Deviner.

rassurée sur son innocence, elle néglige des dehors nécessaires. Je tremblerai pour elle tant qu'elle n'aura rien à se reprocher. Si vous étiez d'accord l'un et l'autre, vous sauriez tromper tous les yeux : une passion naissante et combattue éclate ; un amour satisfait sait se cacher. » Zadig frémit à la proposition de trahir le roi, son bienfaiteur ; et jamais il ne fut plus fidèle à son prince que quand il fut coupable envers lui d'un crime involontaire. Cependant la reine prononçait si souvent le nom de Zadig, son front se couvrait de tant de rougeur en le prononçant, elle était tantôt si animée, tantôt si interdite[11], quand elle lui parlait en présence du roi ; une rêverie si profonde s'emparait d'elle quand il était sorti, que le roi fut troublé. Il crut tout ce qu'il voyait et imagina tout ce qu'il ne voyait point. Il remarqua surtout que les babouches[12] de sa femme étaient bleues, et que les babouches de Zadig étaient bleues, que les rubans de sa femme étaient jaunes et que le bonnet de Zadig était jaune : c'étaient là de terribles indices pour un prince délicat[13]. Les soupçons se tournèrent en certitudes dans son esprit aigri[14].

Tous les esclaves des rois et des reines sont autant d'espions de leurs cœurs. On pénétra bientôt qu'Astarté était tendre, et que Moabdar était jaloux. L'envieux engagea l'envieuse à envoyer au roi sa jarretière, qui ressemblait à celle de la reine. Par surcroît de malheur[15], cette jarretière était bleue. Le monarque ne songea plus qu'à la manière de se venger. Il résolut une nuit d'empoisonner la reine, et de faire mourir Zadig par le cordeau, au point du jour[16]. L'ordre en fut donné à un impitoyable eunuque[17], exécuteur des vengeances. Il y avait alors dans la chambre du roi un petit nain qui était muet, mais qui n'était pas sourd. On le souffrait[18] toujours : il était témoin

11. Décontenancée.
12. Pantoufles.
13. Susceptible sur la question de l'honneur.
14. Irritable, agressif.
15. Pour comble de malchance.
16. Empoisonnements et strangulations sont fréquents au sérail.
17. Homme castré, gardien du harem.
18. On tolérait sa présence.

de ce qui se passait de plus secret, comme un animal domestique. Ce petit muet était très attaché à la reine et à Zadig. Il entendit, avec autant de surprise que d'horreur, donner l'ordre de leur mort. Mais comment faire pour prévenir[19] cet ordre effroyable, qui allait s'exécuter dans peu d'heures ? Il ne savait pas écrire, mais il avait appris à peindre, et savait surtout faire ressembler. Il passa une partie de la nuit à crayonner ce qu'il voulait faire entendre à la reine. Son dessin représentait le roi agité de fureur, dans un coin du tableau, donnant des ordres à son eunuque ; un cordeau bleu et un vase sur la table, avec des jarretières bleues et des rubans jaunes ; la reine dans le milieu du tableau, expirante[20] entre les bras de ses femmes, et Zadig étranglé à ses pieds. L'horizon représentait un soleil levant, pour marquer que cette horrible exécution devait se faire aux premiers rayons de l'aurore. Dès qu'il eut fini cet ouvrage, il courut chez une femme d'Astarté, la réveilla, et lui fit entendre[21] qu'il fallait dans l'instant même porter ce tableau à la reine.

Cependant[22], au milieu de la nuit, on vient frapper à la porte de Zadig ; on le réveille ; on lui donne un billet de la reine ; il doute si c'est un songe ; il ouvre la lettre d'une main tremblante. Quelle fut sa surprise, et qui pourrait exprimer la consternation[23] et le désespoir dont il fut accablé, quand il lut ces paroles : « Fuyez, dans l'instant même, ou l'on va vous arracher la vie. Fuyez, Zadig, je vous l'ordonne au nom de notre amour et de mes rubans jaunes. Je n'étais point coupable ; mais je sens que je vais mourir criminelle. »

Zadig eut à peine la force de parler. Il ordonna qu'on fit venir Cador, et, sans lui rien dire, il lui donna ce billet. Cador le força d'obéir et de prendre sur-le-champ la route de Memphis[24]. « Si vous osez aller trouver la reine, lui dit-il,

19. Devancer.
20. En train de mourir.
21. Comprendre.
22. Pendant ce temps.
23. Stupéfaction.
24. Capitale de l'Égypte antique.

vous hâtez sa mort ; si vous parlez au roi, vous la perdez encore. Je me charge de sa destinée ; suivez la vôtre. Je répandrai le bruit que vous avez pris la route des Indes. Je viendrai bientôt vous trouver, et je vous apprendrai ce qui se sera passé à Babylone. » Cador, dans le moment même, fit placer deux dromadaires des plus légers à la course vers une porte secrète du palais ; il fit monter Zadig, qu'il fallut porter et qui était près de rendre l'âme. Un seul domestique l'accompagna ; et bientôt Cador, plongé dans l'étonnement[25] et dans la douleur, perdit son ami de vue.

Cet illustre fugitif, arrivé sur le bord d'une colline dont[26] on voyait Babylone, tourna la vue sur le palais de la reine, et s'évanouit ; il ne reprit ses sens que pour verser des larmes et pour souhaiter la mort. Enfin, après s'être occupé de la destinée déplorable[27] de la plus aimable des femmes et de la première reine du monde, il fit un moment de retour sur lui-même et s'écria : « Qu'est-ce donc que la vie humaine ? Ô vertu ! à quoi m'avez-vous servi ? Deux femmes m'ont indignement trompé, la troisième qui n'est point coupable, et qui est plus belle que les autres, va mourir ! Tout ce que j'ai fait de bien a toujours été pour moi une source de malédictions, et je n'ai été élevé au comble de la grandeur que pour tomber dans le plus horrible précipice de l'infortune. Si j'eusse été méchant comme tant d'autres, je serais heureux comme eux. » Accablé de ces réflexions funestes, les yeux chargés du voile de la douleur, la pâleur de la mort sur le visage, et l'âme abîmée dans l'excès d'un sombre désespoir, il continuait son voyage vers l'Égypte.

| **25.** Stupeur (sens fort). | **26.** D'où (on voyait Babylone). | **27.** Triste à faire pleurer.

Questions

Repérer et analyser

Le point de vue du narrateur

1 **a.** Montrez, en citant quelques exemples, que le narrateur témoigne d'une connaissance complète :
- des événements présents et futurs ;
- des pensées et sentiments des personnages.

b. Qu'en déduisez-vous sur le point de vue adopté ?

Le conte oriental

L'intrigue amoureuse

2 **a.** Relisez les paragraphes 1 et 2. À quels indices voit-on que la reine Astarté est en train de tomber amoureuse de Zadig ?

b. Quelle est la réaction de Zadig face à l'amour qu'il sent naître pour la reine ? Citez des expressions précises à l'appui de votre réponse.

3 Relevez les mots appartenant au champ lexical du regard. Par quelles images le narrateur traduit-il la passion amoureuse ?

Les adjuvants et les opposants

4 **a.** Pour quelles raisons le roi Moabdar éprouve-t-il de la jalousie ?

b. En quoi le roi a-t-il le comportement d'un homme jaloux ? Les indices sur lesquels il se fonde sont-ils, selon vous, sérieux ? Sa jalousie est-elle cependant fondée ?

5 Rappelez qui est Cador. Dans quels chapitres ce personnage est-il déjà apparu ? Quel conseil Cador donne-t-il à Zadig ?

6 **a.** Quel personnage précipite la perte de Zadig ? Par quel sentiment est-il poussé ?

b. Le nain

> Les nains et les muets sont des personnages que l'on trouve souvent dans les contes orientaux.

Quel est le rôle joué par le nain ?

7 À partir de vos réponses, classez les personnages du chapitre selon qu'ils sont adjuvants ou opposants.

Le parcours de Zadig

Le thème du voyage apparaît dans nombreux récits d'aventure et dans les romans d'apprentissage ou les contes initiatiques (voir p. 36). En effet, le héros se forge une expérience en parcourant le monde ; il rencontre d'autres sociétés humaines, d'autres pratiques religieuses, d'autres mœurs.

8 **a.** Pour quelle raison Zadig quitte-t-il Babylone ? Est-il libre de partir ou y est-il contraint ?
b. Zadig est-il heureux ou malheureux de partir ? Justifiez.

9 Quelles hypothèses pouvez-vous faire sur la suite de son parcours ?

La réflexion philosophique

La quête du bonheur

10 **a.** Quel malheur Zadig connaît-il au cours du chapitre ?
b. Le narrateur dit (l. 1-2) : « Le malheur de Zadig vint de son bonheur même, et surtout de son mérite. »
Quel est le « bonheur » de Zadig ? Quel est son « mérite » ? Quel malheur le bonheur de Zadig déclenche-t-il ?
c. Dans le monde décrit par Voltaire, les bons sont-ils récompensés et les méchants punis ? Justifiez votre réponse en vous appuyant notamment sur les réflexions que se fait Zadig à la fin du chapitre.

La visée

11 **a.** Quels comportements humains Voltaire dénonce-t-il à travers les épisodes de ce chapitre ?
b. Quelle vision donne-t-il de la destinée ? Appuyez-vous sur l'ensemble de vos réponses.

Écrire

Exercice de réécriture

12 Récrivez le passage depuis « Cador le força d'obéir » (l. 111-112) jusqu'à « perdit son ami de vue » (l. 123) en remplaçant « Cador » par « Cador et un ami ».

Se documenter

La thématique des yeux dans la rencontre amoureuse

Bien qu'il ne s'agisse pas, dans ce chapitre, d'une scène de première rencontre entre Zadig et Astarté, le passage décrivant les émois et la brûlure de l'amour appartient à une tradition littéraire où les amoureux se rencontrent surtout à travers les yeux et le jeu des regards. En voici deux exemples : l'un de Ronsard, l'autre de Flaubert.

• Un poète du XVIe siècle

L'autre jour que j'étais sur le haut d'un degré,
Passant tu m'avisas, et me tournant la vue,
Tu m'éblouis les yeux, tant j'avais l'âme émue
De me voir en sursaut de tes yeux rencontré.
Ton regard dans le cœur, dans le sang m'est entré
Comme un éclat de foudre alors qu'il fend la nue :
J'eus de froid et de chaud la fièvre continue,
D'un si poignant regard mortellement outré.
Et si ta belle main passant ne m'eût fait signe,
Main blanche, qui se vante être fille d'un Cygne,
Je fusse mort, Hélène, aux rayons de tes yeux ;
Mais ton signe retint l'âme presque ravie,
Ton œil se contenta d'être victorieux,
Ta main se réjouit de me donner la vie.

Ronsard, *Sonnets pour Hélène* (I, 10).

• Un romancier du XIXe siècle

Ce fut comme une apparition :

Elle était assise, au milieu du banc, toute seule ; ou du moins il ne distingua personne, dans l'éblouissement que lui envoyèrent ses yeux. En même temps qu'il passait, elle leva la tête ; il fléchit involontairement les épaules ; et, quand il se fut mis plus loin, du même côté, il la regarda.

Elle avait un large chapeau de paille, avec des rubans roses qui palpitaient au vent, derrière elle. Ses bandeaux noirs, contournant la pointe de ses grands sourcils, descendaient très bas et semblaient presser amoureusement l'ovale de sa figure. [...] Jamais il n'avait

vu cette splendeur de sa peau brune, la séduction de sa taille, ni cette finesse des doigts que la lumière traversait. Il considérait son panier à ouvrage avec ébahissement, comme une chose extraordinaire. Quels étaient son nom, sa demeure, sa vie, son passé ? Il souhaitait connaître les meubles de sa chambre, toutes les robes qu'elle avait portées, les gens qu'elle fréquentait ; et le désir de la possession physique même disparaissait sous une envie plus profonde, dans une curiosité douloureuse qui n'avait pas de limites.

Gustave Flaubert, *L'Éducation sentimentale* (I, 1).

Enquêter

La fuite en Égypte

13 Voilà donc Zadig obligé de fuir à Memphis, en Égypte.

a. Par quelle expression est-il désigné dans le dernier paragraphe ?

b. Connaissez-vous, dans la Bible, d'autres personnes qui ont dû fuir en Égypte ? Quel point commun peut-il y avoir entre elles et Zadig ?

Chapitre 9

La Femme battue

Zadig dirigeait sa route sur les étoiles. La constellation d'Orion[1] et le brillant astre de Sirius[2] le guidaient vers le pôle de Canope[3]. Il admirait ces vastes globes de lumière qui ne paraissent que de faibles étincelles à nos yeux, tandis que la terre, qui n'est en effet[4] qu'un point imperceptible dans la nature, paraît à notre cupidité[5] quelque chose de si grand et de si noble. Il se figurait alors les hommes tels qu'ils sont en effet, des insectes se dévorant les uns les autres sur un petit atome de boue. Cette image vraie semblait anéantir ses malheurs en lui retraçant le néant de son être et celui de Babylone. Son âme s'élançait jusque dans l'infini, et contemplait, détachée de ses sens, l'ordre immuable de l'univers[6]. Mais lorsque ensuite, rendu à lui-même[7] et rentrant dans son cœur, il pensait qu'Astarté était peut-être morte pour lui, l'univers disparaissait à ses yeux, et il ne voyait dans la nature entière qu'Astarté mourante et Zadig infortuné.

Comme il se livrait à ce flux et à ce reflux de philosophie sublime et de douleur accablante, il avançait vers les frontières de l'Égypte ; et déjà son domestique fidèle était dans la première bourgade[8], où il lui cherchait un logement. Zadig cependant[9] se promenait vers les jardins qui bordaient ce village. Il vit, non loin du grand chemin, une femme éplorée qui appelait le ciel et la terre à son secours, et un homme furieux qui la suivait. Elle était déjà atteinte par lui, elle embrassait ses genoux.

1. Constellation riche en étoiles très grandes et très brillantes.
2. Étoile de la constellation du Grand Chien, la plus brillante du ciel, qui a joué un grand rôle dans l'astronomie égyptienne.
3. Étoile indiquant le plein sud.
4. En réalité.
5. Petitesse.
6. Organisation fixe de l'univers.
7. Ayant retrouvé ses esprits.
8. Petite ville.
9. Pendant ce temps.

Cet homme l'accablait de coups et de reproches. Il jugea, à la violence de l'Égyptien et aux pardons réitérés[10] que lui demandait la dame, que l'un était un jaloux et l'autre une infidèle ; mais quand il eut considéré cette femme, qui était d'une beauté touchante, et qui même ressemblait un peu à la malheureuse Astarté, il se sentit pénétré de compassion[11] pour elle et d'horreur pour l'Égyptien. « Secourez-moi, s'écria-t-elle à Zadig avec des sanglots ; tirez-moi des mains du plus barbare des hommes, sauvez-moi la vie. »

À ces cris, Zadig courut se jeter entre elle et ce barbare. Il avait quelque connaissance de la langue égyptienne. Il lui dit en cette langue : « Si vous avez quelque humanité, je vous conjure de respecter la beauté et la faiblesse. Pouvez-vous outrager ainsi un chef-d'œuvre de la nature, qui est à vos pieds, et qui n'a pour sa défense que des larmes ? – Ah ! ah ! lui dit cet emporté, tu l'aimes donc aussi ; et c'est de toi qu'il faut que je me venge. » En disant ces paroles, il laisse la dame qu'il tenait d'une main par les cheveux, et, prenant sa lance, il veut en percer l'étranger. Celui-ci, qui était de sang-froid, évita aisément le coup d'un furieux. Il se saisit de la lance près du fer dont elle est armée. L'un veut la retirer, l'autre l'arracher. Elle se brise entre leurs mains. L'Égyptien tire son épée ; Zadig s'arme de la sienne. Ils s'attaquent l'un l'autre. Celui-ci porte cent coups précipités ; celui-là les pare avec adresse. La dame, assise sur un gazon, rajuste sa coiffure et les regarde. L'Égyptien était plus robuste que son adversaire ; Zadig était plus adroit. Celui-ci se battait en homme dont la tête conduisait le bras et celui-là comme un emporté, dont une colère aveugle guidait les mouvements au hasard. Zadig passe à lui[12] et le désarme ; et, tandis que l'Égyptien, devenu plus furieux, veut se jeter sur lui, il le saisit, le presse, le fait tomber en lui tenant l'épée sur

10. Répétés. | **11.** Pitié. | **12.** S'avance vers lui.

la poitrine ; il lui offre de lui donner la vie. L'Égyptien, hors de lui, tire son poignard ; il en blesse Zadig dans le temps même que le vainqueur lui pardonnait. Zadig, indigné, lui plonge son épée dans le sein. L'Égyptien jette un cri horrible, et meurt en se débattant.

Zadig alors s'avança vers la dame, et lui dit d'une voix soumise : « Il m'a forcé de le tuer : je vous ai vengée ; vous êtes délivrée de l'homme le plus violent que j'aie jamais vu. Que voulez-vous maintenant de moi, Madame ? – Que tu meures, scélérat, lui répondit-elle, que tu meures ; tu as tué mon amant ; je voudrais pouvoir déchirer ton cœur. – En vérité, Madame, vous aviez là un étrange homme pour amant, lui répondit Zadig ; il vous battait de toutes ses forces, et il voulait m'arracher la vie parce que vous m'avez conjuré[13] de vous secourir. – Je voudrais qu'il me battît encore, reprit la dame en poussant des cris. Je le méritais bien, je lui avais donné de la jalousie. Plût au Ciel qu'il me battît, et que tu fusses à sa place ! » Zadig, plus surpris et plus en colère qu'il ne l'avait été de sa vie, lui dit : « Madame, toute belle que vous êtes, vous mériteriez que je vous battisse à mon tour, tant vous êtes extravagante ; mais je n'en prendrai pas la peine. » Là-dessus, il remonta sur son chameau et avança vers le bourg. À peine avait-il fait quelques pas qu'il se retourne au bruit que faisaient quatre courriers[14] de Babylone. Ils venaient à toute bride[15]. L'un d'eux, en voyant cette femme, s'écria : « C'est elle-même, elle ressemble au portrait qu'on nous en a fait. » Ils ne s'embarrassèrent pas[16] du mort et se saisirent incontinent[17] de la dame. Elle ne cessait de crier à Zadig : « Secourez-moi encore une fois, étranger généreux ! Je vous demande pardon de m'être plainte de vous. Secourez-moi, et je suis à vous jusqu'au

13. Supplié.
14. Messagers.
15. À toute vitesse.
16. Ne se préoccupèrent pas.
17. Aussitôt.

tombeau. » L'envie avait passé à Zadig de se battre désormais pour elle. « À d'autres ! répondit-il ; vous ne m'y attraperez plus. »

D'ailleurs il était blessé, son sang coulait, il avait besoin de secours ; et la vue des quatre Babyloniens, probablement envoyés par le roi Moabdar, le remplissait d'inquiétude. Il s'avance en hâte vers le village, n'imaginant pas pourquoi quatre courriers de Babylone venaient prendre cette Égyptienne, mais encore plus étonné du caractère de cette dame.

Illustration pour *Zadig*, gravure de Moreau le Jeune, 1787, Paris, Bibliothèque nationale.

Questions

Repérer et analyser

Le narrateur et le point de vue

Le narrateur varie souvent les points de vue dans un même texte : il arrive que le narrateur omniscient adopte dans certains passages le point de vue d'un personnage (point de vue interne). Il raconte alors la scène à travers les yeux de ce personnage et amène ainsi le lecteur à partager les sentiments de celui-ci.

1 Citez un passage où le point de vue du narrateur est omniscient et un passage où son point de vue est celui de Zadig.

Le parcours de Zadig

Le voyage et les rencontres

2 Dans quel pays Zadig arrive-t-il ?

3 **a.** Quels personnages rencontre-t-il ? Relevez les mots et expressions qui les désignent. Pourquoi ne sont-ils pas désignés par leur nom ?

b. À quelle scène Zadig assiste-t-il ? Quel sens lui donne-t-il ?

4 **a.** Pour quelle raison Zadig livre-t-il un combat avec l'Égyptien ?

b. Relevez dans le tableau ci-dessous les gestes et attitudes de l'Égyptien et ceux de Zadig lors du combat.

Gestes et attitudes de l'Égyptien	Gestes et attitudes de Zadig

c. En vous aidant du tableau, comparez le comportement de chacun des deux personnages.

5 En quoi les personnages s'opposent-ils ? Quel est l'effet produit ?

6 En quoi peut-on dire que ce chapitre marque une étape dans l'évolution de Zadig ? Qu'a-t-il appris ?

Le mélange des genres

Le conte oriental

7 **a.** À qui la femme battue ressemble-t-elle ? Pourquoi, selon vous, le narrateur évoque-t-il cette ressemblance ?

b. Que lui arrive-t-il à la fin du chapitre ?
c. Relisez le chapitre 8. En quoi la fin du chapitre 9 renoue-t-elle avec l'intrigue ?

La théâtralisation

8 Retrouvez dans ce chapitre le passage qui peut s'apparenter à une scène de théâtre (voir p. 30). Justifiez votre réponse.

Le roman de chevalerie

> Dans ce chapitre, Voltaire parodie les romans de chevalerie ou les romans d'aventure dans lesquels le chevalier ou le héros combat pour conquérir ou sauver une femme. La parodie consiste à accentuer certaines caractéristiques d'une œuvre ou d'un genre littéraire pour les tourner en dérision.

9 En quoi la scène du combat est-elle une parodie de roman de chevalerie ? Dites, par exemple, quel personnage a le comportement d'un chevalier courtois ?

La réflexion philosophique

La place de l'homme dans l'univers

> Dans le premier paragraphe, Voltaire aborde un thème cher aux philosophes de son époque, celui de la petitesse de l'homme face à l'immensité de l'univers : il s'agit du thème de l'infiniment grand et de l'infiniment petit.

10 **a.** Quel élément naturel met Zadig face à l'infiniment grand lors de son arrivée aux « frontières de l'Égypte » ?
b. Relevez les mots et expressions qui s'opposent, lignes 3 à 9.
c. La métaphore

> La métaphore est une figure de style qui rapproche deux éléments, l'élément comparé et l'élément comparant, pour en souligner la ressemblance, le point commun. La métaphore, à la différence de la comparaison, ne comporte pas d'outil de comparaison (« comme »…).
> Exemple : « La mer est un miroir ». Comparé : « la mer » / Comparant : « un miroir ».

Dans la métaphore « des insectes se dévorant les uns les autres sur un petit atome de boue », dites quels sont les éléments comparés et les éléments comparants. Quel est l'effet produit ?

11 La contemplation de l'infiniment grand suffit-elle à Zadig pour se consoler de ne plus voir la reine Astarté ?

La visée

12 Quelle est la visée philosophique de ce chapitre ? Aidez-vous pour répondre des questions 10 et 11.

Se documenter

La place de l'homme dans l'Univers

Dans un autre conte de Voltaire (*Micromégas*), deux personnages, Micromégas, un géant qui vient de Sirius, et son ami, plus petit qui vient de Saturne, voyagent jusqu'à la terre. Voici leurs impressions lorsqu'ils découvrent des terriens.

Micromégas étendit la main tout doucement vers l'endroit où l'objet [un vaisseau] paraissait, et, avançant deux doigts et les retirant par la crainte de se tromper, puis les ouvrant et les serrant, il saisit adroitement le vaisseau qui portait ces messieurs, et le mit encore sur son ongle, sans le trop presser, de peur de l'écraser. « Voici un animal bien différent du premier », dit le nain de Saturne ; le Sirien [Micromégas] mit le prétendu animal dans le creux de sa main. Les passagers et les gens de l'équipage, qui s'étaient crus enlevés par un ouragan, et qui se croyaient sur une espèce de rocher, se mettent tous en mouvement ; les matelots prennent des tonneaux de vin, les jettent sur la main de Micromégas, et se précipitent après. Les géomètres prennent leurs quarts de cercle, leurs secteurs, et des filles lapones, et descendent sur les doigts du Sirien. Ils en firent tant qu'il sentit enfin remuer quelque chose qui lui chatouillait les doigts : c'était un bâton ferré qu'on lui enfonçait d'un pied dans l'index ; il jugea, par ce picotement, qu'il était sortit quelque chose du petit animal qu'il tenait. Mais il n'en soupçonna pas d'abord davantage. Le microscope, qui faisait à peine discerner une baleine et un vaisseau, n'avait point de prise sur un être aussi imperceptible que des hommes.

Voltaire, *Micromégas*, chapitre 5.

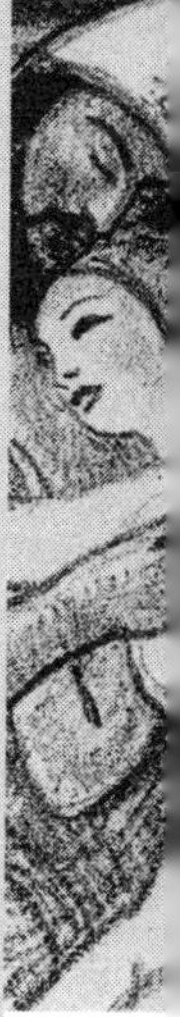

Étudier une image

13 **a.** Quelle est la nature de cette image (peinture, photographie...) ?
b. Qui en est l'auteur ? À quel siècle a-t-il vécu ?
c. Quel est le titre du tableau ? Que signifie ici le mot « vanité » ?

14 **a.** Énumérez les objets qui apparaissent sur cette image. Quel est l'intrus ?
b. Quelle impression est donnée par le mélange des objets ?
c. Par lequel l'œil est-il attiré en premier ? Qu'évoque-t-il ?
d. Qu'évoquent les autres objets ?
e. Quels rapprochements pouvez-vous faire entre le titre du tableau et ce qu'il représente ?

15 Quel lien pouvez-vous établir entre ce tableau et le chapitre « La femme battue » ?

M. Naiveu (1647-1721), ***Vanité au nautile et au luth*****, Londres, J. Van Haeften Gallery.**

Chapitre 10

L'Esclavage

Comme il entrait dans la bourgade égyptienne, il se vit entouré par le peuple. Chacun criait : « Voilà celui qui a enlevé la belle Missouf, et qui vient d'assassiner Clétofis ! Messieurs, dit-il, Dieu me préserve d'enlever jamais votre belle Missouf ! elle est trop capricieuse, et, à l'égard de Clétofis, je ne l'ai point assassiné, je me suis défendu seulement contre lui. Il voulait me tuer, parce que je lui avais demandé très humblement grâce pour la belle Missouf, qu'il battait impitoyablement. Je suis un étranger qui vient chercher un asile[1] dans l'Égypte ; et il n'y a pas d'apparence[2] qu'en venant demander votre protection, j'aie commencé par enlever une femme, et par assassiner un homme. »

Les Égyptiens étaient alors justes et humains. Le peuple conduisit Zadig à la maison de ville. On commença par le faire panser de sa blessure, et ensuite on l'interrogea, lui et son domestique séparément, pour savoir la vérité. On reconnut que Zadig n'était point un assassin ; mais il était coupable du sang d'un homme ; la loi le condamnait à être esclave. On vendit au profit de la bourgade ses deux chameaux ; on distribua aux habitants tout l'or qu'il avait apporté ; sa personne fut exposée en vente dans la place publique, ainsi que celle de son compagnon de voyage. Un marchand arabe, nommé Sétoc[3], y mit l'enchère ; mais le valet, plus propre à la fatigue[4], fut vendu bien plus chèrement que le maître. On ne faisait pas de comparaison entre ces deux hommes. Zadig

1. Ici, une terre d'exil.
2. Il ne serait pas logique.
3. Déformation de Sadok, « le véridique », « celui qui est digne de confiance ».
4. Plus propre à supporter la fatigue.

fut donc esclave subordonné à son valet : on les attacha ensemble avec une chaîne qu'on leur passa aux pieds, et en cet état ils suivirent le marchand arabe dans sa maison. Zadig, en chemin, consolait son domestique et l'exhortait à la patience[5] ; mais, selon sa coutume, il faisait des réflexions sur la vie humaine. « Je vois, lui disait-il, que les malheurs de ma destinée se répandent sur la tienne. Tout m'a tourné jusqu'ici d'une façon bien étrange. J'ai été condamné à l'amende pour avoir vu passer une chienne ; j'ai pensé être empalé pour un griffon ; j'ai été envoyé au supplice parce que j'avais fait des vers à la louange du roi ; j'ai été sur le point d'être étranglé parce que la reine avait des rubans jaunes ; et me voici esclave avec toi parce qu'un brutal a battu sa maîtresse. Allons, ne perdons point courage ; tout ceci finira peut-être ; il faut bien que les marchands arabes aient des esclaves ; et pourquoi ne le serais-je pas comme un autre, puisque je suis un homme comme un autre ? Ce marchand ne sera pas impitoyable ; il faut qu'il traite bien ses esclaves, s'il en veut tirer des services. » Il parlait ainsi, et, dans le fond de son cœur, il était occupé du sort de la reine de Babylone.

Sétoc, le marchand, partit deux jours après pour l'Arabie déserte[6], avec ses esclaves et ses chameaux. Sa tribu habitait vers le désert d'Horeb[7]. Le chemin fut long et pénible. Sétoc, dans la route[8], faisait bien plus de cas du valet que du maître, parce que le premier chargeait bien mieux les chameaux ; et toutes les petites distinctions furent pour lui.

Un chameau mourut à deux journées d'Horeb ; on répartit sa charge sur le dos de chacun des serviteurs ; Zadig en eut sa part. Sétoc se mit à rire en voyant tous ses esclaves marcher courbés. Zadig prit la liberté de lui en expliquer la raison,

5. Lui conseillait de rester patient.
6. Désert de Syrie.
7. Massif montagneux du Sinaï.
8. Sur la route.

et lui apprit les lois de l'équilibre. Le marchand, étonné, commença à le regarder d'un autre œil. Zadig, voyant qu'il avait excité sa curiosité, la redoubla en lui apprenant beaucoup de choses qui n'étaient point étrangères à son commerce ; les pesanteurs spécifiques des métaux et des denrées[9] sous un volume égal ; les propriétés de plusieurs animaux utiles ; le moyen de rendre tels ceux qui ne l'étaient pas ; enfin il lui parut un sage. Sétoc lui donna la préférence sur son camarade qu'il avait tant estimé. Il le traita bien, et n'eut pas sujet de s'en repentir.

Arrivé dans sa tribu, Sétoc commença par redemander cinq cents onces d'argent à un Hébreu auquel il les avait prêtées en présence de deux témoins ; mais ces deux témoins étaient morts, et l'Hébreu, ne pouvant être convaincu[10], s'appropriait l'argent du marchand, en remerciant Dieu de ce qu'il lui avait donné le moyen de tromper un Arabe. Sétoc confia sa peine à Zadig, qui était devenu son conseil[11]. « En quel endroit, demanda Zadig, prêtâtes-vous vos cinq cents onces à cet infidèle ? – Sur une large pierre, répondit le marchand, qui est auprès du mont Horeb. – Quel est le caractère de votre débiteur ? dit Zadig. – Celui d'un fripon, reprit Sétoc. – Mais je vous demande si c'est un homme vif ou flegmatique[12], avisé ou imprudent. – C'est de tous les mauvais payeurs, dit Sétoc, le plus vif que je connaisse. – Eh bien, insista Zadig, permettez que je plaide votre cause devant le juge. » En effet, il cita l'Hébreu au tribunal, et il parla ainsi au juge : « Oreiller du trône d'équité, je viens redemander à cet homme, au nom de mon maître, cinq cents onces d'argent, qu'il ne veut pas rendre. – Avez-vous des témoins ? dit le juge. – Non, ils sont morts ; mais il reste une large pierre sur laquelle l'argent fut compté ;

9. Marchandises.
10. Reconnu coupable.
11. Son conseiller.
12. Imperturbable.

et, s'il plaît à Votre Grandeur d'ordonner qu'on aille chercher la pierre, j'espère qu'elle portera témoignage ; nous resterons ici, l'Hébreu et moi, en attendant que la pierre vienne ; je l'enverrai chercher aux dépens de Sétoc[13], mon maître. – Très volontiers », répondit le juge. Et il se mit à expédier d'autres affaires.

À la fin de l'audience : « Eh bien, dit-il à Zadig, votre pierre n'est pas encore venue ? » L'Hébreu, en riant, répondit : « Votre Grandeur resterait ici jusqu'à demain que la pierre ne serait pas encore arrivée ; elle est à plus de six milles[14] d'ici, et il faudrait quinze hommes pour la remuer. – Eh bien, s'écria Zadig, je vous avais bien dit que la pierre porterait témoignage ; puisque cet homme sait où elle est, il avoue donc que c'est sur elle que l'argent fut compté. » L'Hébreu, déconcerté, fut bientôt contraint de tout avouer. Le juge ordonna qu'il serait lié à la pierre, sans boire ni manger, jusqu'à ce qu'il eût rendu les cinq cents onces, qui furent bientôt payées.

L'esclave Zadig et la pierre furent en grande recommandation dans l'Arabie.

13. Aux frais de Sétoc.

14. Soit environ 11 km.

Questions

Repérer et analyser

Le conte oriental

Le cadre oriental et les rencontres

1 En quoi ce chapitre se présente-t-il comme la suite immédiate du précédent ? Pour répondre, relevez les éléments qui assurent le lien entre les chapitres 9 et 10.

2 Quels lieux servent de cadre à ce chapitre ? Situez-les sur la carte (p. 16-17).

3 Quels sont les différents personnages rencontrés qui sont typiques de l'Orient ?

Le parcours de Zadig

4 **a.** De quoi Zadig est-il accusé en arrivant en Égypte ?
b. Quel argument utilise-t-il pour se défendre ? Citez la phrase précise pour répondre.
c. Quelle est sa nouvelle condition ? Comment y réagit-il ?

5 Quelles qualités lui permettent de se faire remarquer ensuite par le marchand Sétoc ?

6 Comment Zadig est-il perçu par le peuple égyptien à la fin de ce chapitre ?

Le mode de narration

> Le rythme du récit dans Zadig est rapide : de nombreuses actions se succèdent en quelques lignes, les phrases sont courtes, les faits sont souvent simplement juxtaposés à l'aide de propositions indépendantes ; l'utilisation fréquente du pronom « on » gomme les acteurs et permet de mettre l'accent sur leurs actes.

7 Relisez les lignes 13 à 28. Retrouvez les procédés qui contribuent à la rapidité du rythme narratif.

8 **a.** Quel passage s'apparente à une scène de théâtre (voir p. 30) ? Justifiez votre réponse.
b. Quels en sont les protagonistes ?
c. Quel est l'effet produit ?

La réflexion philosophique

Le thème de la destinée

Dans Zadig, Voltaire pose aussi la question de la destinée. Croire en la destinée, c'est croire qu'un être humain est soumis à une puissance qui le dépasse et qui fixe de façon irrévocable le cours de sa vie. Zadig, héros ballotté par les circonstances, illustre cette croyance.

9 Relisez les lignes 33 à 39 dans lesquelles Zadig fait le bilan des malheurs qu'il a subis depuis le début du conte.

a. Relevez dans ces lignes les compléments circonstanciels de cause et notez face à chaque cause la conséquence qui s'en est suivie.

b. Les causes vous semblent-elles en rapport avec les conséquences ? Quel est l'effet produit ?

Écrire

Exercice de réécriture

10 Relisez les lignes 92 à 99. Récrivez ces paroles au discours indirect en faisant les modifications nécessaires.

Enquêter

L'esclavage

Au siècle des Lumières, et dans les siècles qui suivirent, des hommes et des femmes se sont battus contre l'esclavage. L'esclavage a officiellement disparu, mais dans la réalité, on le rencontre encore un peu partout dans le monde.

11 De quand date, en France, l'abolition de l'esclavage ?

Un exemple d'esclavage moderne : celui de Sarah.

Née aux Philippines, elle a, pour aider ses parents, émigré à des milliers de kilomètres de chez elle. Employée comme domestique, Sarah se fait continuellement battre et violer par son patron. Pour se défendre, elle le tue. C'était en 1994. Les protestations venant de nombreux pays lui permettent d'échapper à la peine de mort. Sarah a aujourd'hui 24 ans.

12 Recherchez à la bibliothèque ou au CDI des exemples d'esclavage similaires à celui de Sarah.

Chapitre 11

Le Bûcher

Sétoc, enchanté, fit de son esclave son ami intime. Il ne pouvait pas plus se passer de lui qu'avait fait le roi de Babylone ; et Zadig fut heureux que Sétoc n'eût point de femme. Il découvrait dans son maître un naturel porté au bien[1], beaucoup de droiture et de bon sens. Il fut fâché de voir qu'il adorait l'armée céleste, c'est-à-dire le soleil, la lune et les étoiles[2], selon l'ancien usage d'Arabie. Il lui en parlait quelquefois avec beaucoup de discrétion. Enfin il lui dit que c'étaient des corps comme les autres, qui ne méritaient pas plus son hommage qu'un arbre ou un rocher. « Mais, disait Sétoc, ce sont des êtres éternels dont nous tirons tous nos avantages ; ils animent la nature ; ils règlent les saisons ; ils sont d'ailleurs si loin de nous qu'on ne peut pas s'empêcher de les révérer[3]. – Vous recevez plus d'avantages, répondit Zadig, des eaux de la mer Rouge, qui portent vos marchandises aux Indes. Pourquoi ne serait-elle pas aussi ancienne que les étoiles ? Et, si vous adorez ce qui est éloigné de vous, vous devez adorer la terre des Gangarides[4], qui est aux extrémités du monde. – Non, disait Sétoc, les étoiles sont trop brillantes pour que je ne les adore pas. » Le soir venu, Zadig alluma un grand nombre de flambeaux dans la tente où il devait souper avec Sétoc ; et, dès que son patron parut, il se jeta à genoux devant ces cires allumées, et leur dit : « Éternelles et brillantes clartés, soyez-moi toujours propices[5]. » Ayant proféré ces paroles, il se mit à table sans regarder Sétoc. « Que faites-vous donc ? lui dit Sétoc étonné. – Je fais comme

1. Un caractère naturellement porté à faire le bien.
2. On nomme « sabisme » le culte des astres et des planètes.
3. Adorer.
4. Habitants de la rive orientale du Gange (voir la carte p. 16-17).
5. Favorables.

vous, répondit Zadig; j'adore ces chandelles, et je néglige leur maître et le mien. » Sétoc comprit le sens profond de cet apologue[6]. La sagesse de son esclave entra dans son âme; il ne prodigua[7] plus son encens aux créatures, et adora l'être éternel qui les a faites.

Il y avait alors dans l'Arabie une coutume affreuse, venue originairement de Scythie[8], et qui, s'étant établie dans les Indes par le crédit des bracmanes[9], menaçait d'envahir tout l'Orient. Lorsqu'un homme marié était mort et que sa femme bien-aimée voulait être sainte, elle se brûlait en public sur le corps de son mari. C'était une fête solennelle qui s'appelait le bûcher du veuvage. La tribu dans laquelle il y avait eu le plus de femmes brûlées était la plus considérée. Un Arabe de la tribu de Sétoc étant mort, sa veuve, nommée Almona, qui était fort dévote, fit savoir le jour et l'heure où elle se jetterait dans le feu au son des tambours et des trompettes. Zadig remontra[10] à Sétoc combien cette horrible coutume était contraire au bien du genre humain; qu'on laissait brûler tous les jours de jeunes veuves qui pouvaient donner des enfants à l'État, ou du moins élever les leurs; et il le fit convenir qu'il fallait, si on pouvait, abolir un usage si barbare. Sétoc répondit: « Il y a plus de mille ans que les femmes sont en possession de[11] se brûler. Qui de nous osera changer une loi que le temps a consacrée? Y a-t-il rien de plus respectable qu'un ancien abus[12]? – La raison est plus ancienne, reprit Zadig. Parlez aux chefs des tribus, et je vais trouver la jeune veuve. »

Il se fit présenter à elle; et, après s'être insinué dans son esprit[13] par des louanges sur sa beauté, après lui avoir dit combien c'était dommage de mettre au feu tant de charmes,

6. Court récit ayant une valeur d'exemple.
7. On brûle habituellement de l'encens devant les divinités.
8. Voir la carte p. 16-17.
9. Membres de la caste des prêtres en Inde.
10. Démontra (avec une idée de critique).
11. Ont le privilège de.
12. Erreur.
13. Après avoir gagné sa confiance.

il la loua encore sur sa constance[14] et sur son courage. « Vous aimiez donc prodigieusement votre mari ? dit-il. – Moi ? Point du tout, répondit la dame arabe. C'était un brutal, un jaloux, un homme insupportable ; mais je suis fermement résolue de me jeter sur son bûcher. – Il faut, dit Zadig, qu'il y ait apparemment un plaisir bien délicieux à être brûlée vive. – Ah ! cela fait frémir la nature, dit la dame ; mais il faut en passer par là. Je suis dévote[15] ; je serais perdue de réputation, et tout le monde se moquerait de moi, si je ne me brûlais pas. » Zadig, l'ayant fait convenir qu'elle se brûlait pour les autres, et par vanité, lui parla longtemps d'une manière à lui faire aimer un peu la vie, et parvint même à lui inspirer quelque bienveillance pour celui qui lui parlait. « Que feriez-vous enfin, lui dit-il, si la vanité de vous brûler ne vous tenait pas ?

– Hélas ! dit la dame, je crois que je vous prierais de m'épouser. »

Zadig était trop rempli de l'idée d'Astarté pour ne pas éluder[16] cette déclaration ; mais il alla dans l'instant trouver les chefs des tribus, leur dit ce qui s'était passé, et leur conseilla de faire une loi par laquelle il ne serait pas permis à une veuve de se brûler qu'après avoir entretenu[17] un jeune homme, tête à tête, pendant une heure entière. Depuis ce temps, aucune dame ne se brûla en Arabie. On eut au seul Zadig l'obligation d'avoir détruit en un jour une coutume si cruelle, qui durait depuis tant de siècles. Il était donc le bienfaiteur de l'Arabie.

14. Fidélité à son mari.
15. Attachée à la religion et à ses pratiques.
16. Éviter habilement.
17. S'être entretenu avec.

Chapitre 12

Le Souper[1]

Sétoc, qui ne pouvait se séparer de cet homme en qui habitait la sagesse, le mena à la grande foire de Balzora[2], où devaient se rendre les plus grands négociants de la terre habitable. Ce fut pour Zadig une consolation sensible[3] de voir tant d'hommes de diverses contrées[4] réunis dans la même place. Il lui paraissait que l'univers était une grande famille qui se rassemblait à Balzora. Il se trouva à table, dès le second jour, avec un Égyptien, un Indien gangaride, un habitant du Cathay[5], un Grec, un Celte, et plusieurs autres étrangers qui, dans leurs fréquents voyages vers le golfe arabique[6], avaient appris assez d'arabe pour se faire entendre. L'Égyptien paraissait fort en colère. « Quel abominable pays que Balzora ! disait-il ; on m'y refuse mille onces d'or sur le meilleur effet[7] du monde. – Comment donc ! dit Sétoc ; sur quel effet a-t-on refusé cette somme ? – Sur le corps de ma tante, répondit l'Égyptien ; c'était la plus brave femme d'Égypte. Elle m'accompagnait toujours ; elle est morte en chemin : j'en ai fait une des plus belles momies que nous ayons ; et je trouverais dans mon pays tout ce que je voudrais en la mettant en gage. Il est bien étrange qu'on ne veuille pas seulement me donner ici mille onces d'or sur un effet si solide. » Tout en se courrouçant[8], il était prêt de[9] manger d'une excellente poule bouillie, quand l'Indien, le prenant par la main, s'écria avec douleur : « Ah ! qu'allez-vous faire ? – Manger de cette poule, dit l'homme à la momie.

1. Repas du soir (par opposition au dîner, repas du midi).
2. Bassora, aujourd'hui en Irak (voir la carte p. 16-17).
3. Assez forte.
4. Pays.
5. De la Chine.
6. Mer Rouge.
7. Bien qui sert de garantie à un prêt.
8. Tout en se mettant en colère.
9. Prêt à.

– Gardez-vous-en bien, dit le Gangaride. Il se pourrait faire que l'âme de la défunte fût passée dans le corps de cette poule, et vous ne voudriez pas vous exposer à manger votre tante. Faire cuire des poules, c'est outrager manifestement la nature. – Que voulez-vous dire avec votre nature et vos poules ? reprit le colérique Égyptien ; nous adorons un bœuf[10], et nous en mangeons bien. – Vous adorez un bœuf ! est-il possible ? dit l'homme du Gange. – Il n'y a rien de si possible, repartit l'autre ; il y a cent trente-cinq mille ans que nous en usons ainsi ; et personne parmi nous n'y trouve à redire. – Ah ! cent trente-cinq mille ans ! dit l'Indien, ce compte est un peu exagéré ; il n'y en a que quatre-vingt mille que l'Inde est peuplée, et assurément nous sommes vos anciens ; et Brahma[11] nous avait défendu de manger des bœufs avant que vous vous fussiez avisés de les mettre sur les autels et à la broche. – Voilà un plaisant animal que votre Brahma, pour le comparer à Apis ! dit l'Égyptien ; qu'a donc fait votre Brahma de si beau ? » Le bramin[12] répondit : « C'est lui qui a appris aux hommes à lire et à écrire, et à qui toute la terre doit le jeu des échecs. – Vous vous trompez, dit un Chaldéen qui était auprès de lui ; c'est le poisson Oannès[13] à qui on doit de si grands bienfaits, et il est juste de ne rendre qu'à lui ses hommages. Tout le monde vous dira que c'était un être divin, qu'il avait la queue dorée, avec une belle tête d'homme, et qu'il sortait de l'eau pour venir prêcher à terre trois heures par jour. Il eut plusieurs enfants, qui furent rois, comme chacun sait. J'ai son portrait chez moi, que je révère comme je le dois. On peut manger du bœuf tant qu'on veut ; mais c'est assurément une très grande impiété de faire cuire du poisson ; d'ailleurs vous êtes tous deux d'une origine trop peu noble et trop récente pour me rien disputer[14].

10. Le bœuf Apis, divinité égyptienne.
11. Dieu indien.
12. Brahmane, prêtre indou.
13. Dieu chaldéen sorti de la mer Rouge pour révéler aux hommes les sciences et les arts.
14. Pour prétendre l'emporter sur moi.

La nation égyptienne ne compte que cent trente-cinq mille ans et les Indiens ne se vantent que de quatre-vingt mille, tandis que nous avons des almanachs[15] de quatre mille siècles. Croyez-moi, renoncez à vos folies, et je vous donnerai à chacun un beau portrait d'Oannès. »

L'homme de Cambalu[16], prenant la parole, dit : « Je respecte fort les Égyptiens, les Chaldéens, les Grecs, les Celtes, Brahma, le bœuf Apis, le beau poisson Oannès ; mais peut-être que le Li ou le Tien*, comme on voudra l'appeler, vaut bien les bœufs et les poissons. Je ne dirai rien de mon pays ; il est aussi grand que la terre d'Égypte, la Chaldée et les Indes ensemble. Je ne dispute pas d'antiquité, parce qu'il suffit d'être heureux, et que c'est fort peu de chose d'être ancien ; mais, s'il faut parler d'almanachs, je dirais que toute l'Asie prend les nôtres, et que nous en avions de fort bons avant qu'on sût l'arithmétique en Chaldée. »

– Vous êtes de grands ignorants tous tant que vous êtes, s'écria le Grec ; est-ce que vous ne savez pas que le chaos[17] est le père de tout, et que la forme et la matière ont mis le monde dans l'état où il est ? » Ce Grec parla longtemps ; mais il fut enfin interrompu par le Celte, qui, ayant beaucoup bu pendant qu'on disputait, se crut alors plus savant que tous les autres, et dit en jurant qu'il n'y avait que Teutath[18] et le gui de chêne qui valussent la peine qu'on en parlât ; que, pour lui, il avait toujours du gui dans sa poche ; que les Scythes, ses ancêtres, étaient les seuls gens de bien qui eussent jamais été au monde ; qu'ils avaient, à la vérité, quelquefois mangé des hommes, mais que cela n'empêchait pas qu'on ne dût avoir

15. Calendriers.
16. De Pékin.
* « Mots chinois qui signifient proprement : Li, la lumière naturelle, la raison, et Tien, le ciel ; et qui signifient aussi Dieu. » (Note de Voltaire)

17. Pour les Grecs, désordre général des éléments de l'univers avant la création du monde.
18. Dieu gaulois auquel on offrait des sacrifices humains.

beaucoup de respect pour sa nation ; et qu'enfin, si quelqu'un parlait mal de Teutath, il lui apprendrait à vivre. La querelle s'échauffa pour lors, et Sétoc vit le moment où la table allait être ensanglantée. Zadig, qui avait gardé le silence pendant toute la dispute, se leva enfin : il s'adressa d'abord au Celte, comme au plus furieux ; il lui dit qu'il avait raison, et lui demanda du gui ; il loua le Grec sur son éloquence, et adoucit tous les esprits échauffés. Il ne dit que très peu de chose à l'homme de Cathay, parce qu'il avait été le plus raisonnable de tous. Ensuite il leur dit : « Mes amis, vous alliez vous quereller pour rien, car vous êtes tous du même avis. » À ce mot, ils se récrièrent tous. « N'est-il pas vrai, dit-il au Celte, que vous n'adorez pas ce gui, mais celui qui a fait le gui et le chêne ? – Assurément, répondit le Celte. – Et vous, monsieur l'Égyptien, vous révérez apparemment dans un certain bœuf celui qui vous a donné les bœufs ? – Oui, dit l'Égyptien. – Le poisson Oannès, continua-t-il, doit céder à celui qui a fait la mer et les poissons. – D'accord, dit le Chaldéen. – L'Indien, ajouta-t-il, et le Cathayen reconnaissent comme vous un premier principe[19] ; je n'ai pas trop bien compris les choses admirables que le Grec a dites, mais je suis sûr qu'il admet aussi un être supérieur, de qui la forme et la matière dépendent. » Le Grec, qu'on admirait, dit que Zadig avait très bien pris sa pensée. « Vous êtes donc tous de même avis, répliqua Zadig, et il n'y a pas là de quoi se quereller[20]. » Tout le monde l'embrassa. Sétoc, après avoir vendu fort cher ses denrées, reconduisit son ami Zadig dans sa tribu. Zadig apprit en arrivant qu'on lui avait fait son procès en son absence et qu'il allait être brûlé à petit feu.

19. Un être divin à l'origine de tout.

20. Se disputer.

Chapitre 13

Les Rendez-Vous

Pendant son voyage à Balzora les prêtres des étoiles avaient résolu de le punir. Les pierreries et les ornements des jeunes veuves qu'ils envoyaient au bûcher leur appartenaient de droit; c'était bien le moins qu'ils fissent brûler Zadig pour le mauvais tour qu'il leur avait joué. Ils accusèrent donc Zadig d'avoir des sentiments erronés[1] sur l'armée céleste; ils déposèrent contre lui, et jugèrent qu'ils lui avaient entendu dire que les étoiles ne se couchaient pas dans la mer. Ce blasphème[2] effroyable fit frémir les juges; ils furent prêts de déchirer leurs vêtements quand ils ouïrent[3] ces paroles impies[4], et ils l'auraient fait sans doute, si Zadig avait eu de quoi les payer. Mais, dans l'excès de leur douleur, ils se contentèrent de le condamner à être brûlé à petit feu. Sétoc, désespéré, employa en vain son crédit pour sauver son ami; il fut bientôt obligé de se taire. La jeune veuve Almona, qui avait pris beaucoup de goût à la vie et qui en avait obligation à Zadig, résolut de le tirer du bûcher, dont il lui avait fait connaître l'abus[5]. Elle roula son dessein dans sa tête[6], sans en parler à personne. Zadig devait être exécuté le lendemain; elle n'avait que la nuit pour le sauver: voici comme elle s'y prit, en femme charitable et prudente.

Elle se parfuma, elle releva sa beauté par l'ajustement[7] le plus riche et le plus galant, et alla demander une audience secrète au chef des prêtres des étoiles. Quand elle fut devant ce vieillard vénérable, elle lui parla en ces termes: « Fils aîné de la Grande Ourse, frère du Taureau, cousin du Grand Chien[8]

1. Faux.
2. Parole qui outrage la religion.
3. Entendirent.
4. Contre la religion.
5. Erreur.
6. Elle élabora un plan.
7. L'habillement.
8. La Grande Ourse, le Taureau et le Grand Chien sont les noms de trois constellations.

(c'étaient les titres de ce pontife[9]), je viens vous confier mes scrupules. J'ai bien peur d'avoir commis un péché énorme en ne me brûlant pas dans le bûcher de mon cher mari. En effet, qu'avais-je à conserver ? une chair périssable, et qui est déjà toute flétrie. » En disant ces paroles, elle tira de ses longues manches de soie ses bras nus, d'une forme admirable et d'une blancheur éblouissante. « Vous voyez, dit-elle, le peu que cela vaut. » Le pontife trouva dans son cœur que cela valait beaucoup. Ses yeux

Illustration pour *Zadig*, gravure de Moreau le Jeune, 1787, Paris, Bibliothèque nationale.

9. Membre le plus important d'une assemblée de prêtres.

le dirent, et sa bouche le confirma : il jura qu'il n'avait vu de sa vie de si beaux bras. « Hélas ! lui dit la veuve, les bras peuvent être un peu moins mal que le reste ; mais vous m'avouerez que la gorge n'était pas digne de mes attentions. » Alors elle laissa voir le sein le plus charmant que la nature eût jamais formé. Un bouton de rose sur une pomme d'ivoire n'eût paru auprès que de la garance[10] sur le buis, et les agneaux sortant du lavoir auraient semblé d'un jaune brun. Cette gorge, ses grands yeux noirs qui languissaient en brillant doucement d'un feu tendre, ses joues animées de la plus belle pourpre[11] mêlée au blanc de lait le plus pur, son nez, qui n'était pas comme la tour du mont Liban[12], ses lèvres, qui étaient comme deux bordures de corail renfermant les plus belles perles de la mer d'Arabie, tout cela ensemble fit croire au vieillard qu'il avait vingt ans. Il fit en bégayant une déclaration tendre. Almona, le voyant enflammé, lui demanda la grâce de Zadig. « Hélas ! dit-il, ma belle dame, quand je vous accorderais sa grâce, mon indulgence ne servirait à rien ; il faut qu'elle soit signée de trois autres de mes confrères. – Signez toujours, dit Almona. – Volontiers, dit le prêtre, à condition que vos faveurs seront le prix de ma facilité. – Vous me faites trop d'honneur, dit Almona ; ayez seulement pour agréable de venir dans ma chambre après que le soleil sera couché, et dès que la brillante étoile Sheat[13] sera sur l'horizon. Vous me trouverez sur un sofa couleur de rose, et vous en userez comme vous pourrez avec votre servante. » Elle sortit alors emportant avec elle la signature, et laissa le vieillard plein d'amour et de défiance de ses forces. Il employa le reste du jour à se baigner ; il but une liqueur composée de la cannelle de Ceylan et des précieuses

10. Plante grimpante qui fournit une substance colorante rouge.
11. Couleur rouge vif.
12. Parodie de l'Ancien Testament (*Cantique des Cantiques*, VII,4) : « Votre nez est comme la Tour du Liban qui regarde vers Damas. »
13. Une des belles étoiles de la constellation de Pégase.

épices de Tidor et de Ternate[14], et attendit avec impatience que l'étoile Sheat vînt à paraître.

Cependant la belle Almona alla trouver le second pontife. Celui-ci l'assura que le soleil, la lune et tous les feux du firmament n'étaient que des feux follets en comparaison de ses charmes. Elle lui demanda la même grâce, et on lui proposa d'en donner le prix. Elle se laissa vaincre, et donna rendez-vous au second pontife au lever de l'étoile Algénib[15]. De là, elle passa chez le troisième et chez le quatrième prêtre, prenant toujours une signature et donnant un rendez-vous d'étoile en étoile. Alors elle fit avertir les juges de venir chez elle pour une affaire importante. Ils s'y rendirent : elle leur montra les quatre noms et leur dit à quel prix les prêtres avaient vendu la grâce de Zadig. Chacun d'eux arriva à l'heure prescrite ; chacun fut bien étonné d'y trouver ses confrères, et plus encore d'y trouver les juges, devant qui leur honte fut manifestée. Zadig fut sauvé. Sétoc fut si charmé par l'habileté d'Almona qu'il en fit sa femme. Zadig partit après s'être jeté aux pieds de sa belle libératrice. Sétoc et lui se quittèrent en pleurant, en se jurant une amitié éternelle et en se promettant que le premier des deux qui ferait une grande fortune en ferait part à l'autre.

Zadig marcha du côté de la Syrie[16], toujours pensant à la malheureuse Astarté, et toujours réfléchissant sur le sort qui s'obstinait à se jouer de lui et à le persécuter. « Quoi ! disait-il, quatre cents onces d'or pour avoir vu passer une chienne ! condamné à être décapité pour quatre mauvais vers à la louange du roi ! prêt à être étranglé parce que la reine avait des babouches de la couleur de mon bonnet ! réduit en esclavage pour avoir secouru une femme qu'on battait ! et sur le point d'être brûlé pour avoir sauvé la vie à toutes les jeunes veuves arabes ! »

14. Deux villes de l'archipel des Moluques (îles indonésiennes) ; les épices citées par Voltaire sont censées être des aphrodisiaques.

15. Autre étoile de la constellation de Pégase.

16. Zadig reprend le chemin de Babylone.

Repérer et analyser

Le parcours de Zadig

1 Retracez le parcours de Zadig en vous aidant de la carte (p. 16-17). Dans quels pays se rend-il ?

2 Quelle coutume Zadig découvre-t-il au chapitre 11 ? Quels arguments utilise-t-il pour abolir cette coutume ? Appuyez-vous sur le dialogue qui commence ligne 55 (p. 86).

3 **a.** Qui est Almona ? Comment Zadig fait-il sa connaissance dans le chapitre 11 ?

b. Pourquoi cherche-t-elle, au chapitre 13, à sauver Zadig ? Comment s'y prend-elle ?

4 Lors du souper, une querelle s'installe entre les convives. Quel en est le sujet ? De quelles qualités Zadig fait-il preuve à ce moment-là ?

5 Relevez, dans les chapitres 10 à 13, les changements dans le comportement de Sétoc à l'égard de Zadig. Quelles sont les raisons de ces changements ?

Le conte oriental

L'intrigue amoureuse

6 Relevez, dans les chapitres 11 et 13, les passages où le narrateur évoque l'amour du héros pour Astarté. À quels moments du chapitre ces passages sont-ils situés ?

Le style oriental

7 Relevez, dans le chapitre 13, des passages dans lesquels le narrateur évoque de façon imagée la beauté d'Almona. Quel est l'effet produit ?

Le conte philosophique

L'intolérance et le fanatisme religieux

Voltaire attaque sans répit l'intolérance et le fanatisme religieux. Le fanatisme est le comportement d'exclusion qu'exerce une religion ou une idéologie à l'égard de tout ce qui n'est pas elle. Le fanatique fait donc preuve d'une intolérance intraitable à l'égard de ceux qui n'ont pas les mêmes croyances que lui.

8 Quels personnages, dans ces trois chapitres, font preuve d'un comportement fanatique à l'égard de la religion ?

Le dogmatisme

Voltaire s'élève contre les dogmes et le dogmatisme. Un dogme est un principe religieux jugé incontestable. Le dogmatisme est l'attitude de celui qui impose des principes de façon autoritaire et intransigeante.

9 Quelles sont les croyances exprimées par Sétoc dans le premier paragraphe du chapitre 11 ? Quelle mise en scène Zadig imagine-t-il pour convertir Sétoc au culte de l'être éternel ?

10 **a.** Dans le chapitre 12, relevez pour chacun des convives les propos qui montrent que chaque religion a ses dogmes. Montrez, en citant le texte, que les différences entre les religions ne sont fondées que sur des détails matériels.

b. Quel argument Zadig avance-t-il pour mettre d'accord les convives du souper ?

c. Quelle leçon de sagesse en matière religieuse Zadig donne-t-il à ces querelleurs ?

La satire

11 Le chapitre 12 se termine par la phrase : « Zadig apprit en arrivant qu'on lui avait fait son procès en son absence et qu'il allait être brûlé à petit feu. » (p. 90)

Quels sont les mots destinés à choquer le lecteur ? En quoi cette phrase est-elle ironique ?

12 Relisez les lignes 1 à 13 du chapitre 13.

a. Quel prétexte les prêtres invoquent-ils pour condamner Zadig ? Quel est leur raison réelle de le condamner ?

b. Montrez, en citant le texte, que les rapports de cause et de conséquence sont faussés. Pour vous aider, appuyez-vous sur l'emploi du connecteur logique « donc » (l. 5).

c. Quel est l'effet produit par l'expression « ce blasphème effroyable » ?

Le thème de la destinée

13 Relevez, à la fin du chapitre 13, le passage dans lequel Zadig évoque sa destinée.

a. Les causes sont-elles proportionnées aux effets ?

b. Quel est le type de phrases utilisé ? Qu'en déduisez-vous sur les sentiments de Zadig à ce stade du conte ?

14 Comparez ce passage avec celui du chapitre 10 où Zadig évoque aussi sa destinée.
a. Quels sont leurs points communs ?
b. Pensez-vous que Zadig a évolué depuis le chapitre 10 ?

La visée

15 **a.** Dans quelle intention Voltaire s'appuie-t-il sur la fiction orientale dans ces chapitres ?
b. Quelles sont ses positions en matière de religion ? Quelle image donne-t-il des prêtres dans ces chapitres ?
c. Quelles critiques émet-il contre la justice ?

Comparer

Les *Lettres persanes*, Montesquieu

L'épisode du souper peut se rapprocher d'un texte de Montesquieu, écrivain du XVIIIe siècle, qui raconte, dans les *Lettres persanes*, les aventures de deux Persans à Paris.

Un homme faisait tous les jours à Dieu cette prière : « Seigneur, je n'entends rien dans les disputes que l'on fait sans cesse à votre sujet. Je voudrais vous servir selon votre volonté ; mais chaque homme que je consulte veut que je vous serve à la sienne. Lorsque je veux vous faire ma prière, je ne sais en quelle langue je dois vous parler. Je ne sais pas non plus en quelle posture je dois me mettre : l'un dit que je dois vous prier debout, l'autre veut que je sois assis ; l'autre exige que mon corps porte sur mes genoux. Ce n'est pas tout. [...] Il m'arriva l'autre jour de manger un lapin dans un caravansérail. Trois hommes qui étaient auprès de là me firent trembler : ils me soutinrent tous trois que je vous avais grièvement offensé ; l'un, parce que cet animal était immonde ; l'autre, parce qu'il était étouffé ; l'autre enfin, parce qu'il n'était pas poisson. Un Brahmane qui passait par là, et que je pris pour juge, me dit : “Ils ont tort : car apparemment vous n'avez pas tué vous-même cet animal. – Si fait, lui dis-je. – Ah ! vous avez commis une action

abominable, et que Dieu ne vous pardonnera jamais, me dit-il d'une voix sévère. Que savez-vous si l'âme de votre père n'était pas passée dans cette bête ?" Toutes ces choses, Seigneur, me jettent dans un embarras inconcevable : je ne puis remuer la tête que je ne sois menacé de vous offenser ; cependant, je voudrais vous plaire et employer à cela la vie que je tiens de vous. Je ne sais si je me trompe ; mais je crois que le meilleur moyen pour y parvenir est de vivre en bon citoyen dans la société où vous m'avez fait naître et en bon père dans la famille que vous m'avez donnée. »

Montesquieu, *Lettres persanes* (lettre 46).

16 **a.** De quel convive du souper (chapitre 12) pourriez-vous rapprocher cet homme ? Pourquoi ?
b. Face à quels types de comportement doit-il se défendre ?
c. Quels sujets divisent les personnages dans les deux textes ?
d. Ces sujets sont-ils sérieux ou bien Voltaire et Montesquieu ont-ils cherché à montrer le ridicule de tels comportements ?
e. Que voudrait l'homme des *Lettres persanes* pour bien servir Dieu ?
17 Imaginez la réponse que lui adresserait Zadig.

Écrire

Exercice de réécriture

18 Dans le passage du chapitre 13, depuis « Elle se parfuma » (l. 21) jusqu'à « d'une blancheur éblouissante » (l. 32), remplacez « elle » par « elles ».

Se documenter

La « religion » de Voltaire

Voltaire et les philosophes des Lumières ont lutté leur vie durant contre la superstition, l'intolérance et le fanatisme. Voltaire se proclame théiste : pour lui, il existe un dieu unique, sorte de « grand horloger » du monde, qui est le même pour tous et règle la marche de l'univers. Voici la définition qu'il donne du théiste dans son Dictionnaire philosophique :

Le théiste est un homme fermement persuadé de l'existence d'un Être suprême aussi bon que puissant, qui a formé tous les êtres étendus, végétants, sentants, et réfléchissants ; qui perpétue leur espèce, qui punit sans cruauté les crimes, et récompense avec bonté les actions vertueuses.

Le théiste ne sait pas comment Dieu punit, comment il favorise, comment il pardonne ; car il n'est pas assez téméraire pour se flatter de connaître comment Dieu agit ; mais il sait que Dieu agit, et qu'il est juste. Les difficultés contre la Providence ne l'ébranlent point dans sa foi, parce qu'elles ne sont que de grandes difficultés, et non pas des preuves ; il est soumis à cette Providence, quoiqu'il n'en aperçoive que quelques effets et quelques dehors ; et, jugeant des choses qu'il ne voit pas par les choses qu'il voit, il pense que cette Providence s'étend dans tous les lieux et dans tous les siècles.

Réuni dans ce principe avec le reste de l'univers, il n'embrasse aucune des sectes qui toutes se contredisent. Sa religion est la plus ancienne et la plus étendue ; car l'adoration simple d'un Dieu a précédé tous les systèmes du monde. Il parle une langue que tous les peuples entendent, pendant qu'ils ne s'entendent pas entre eux. Il a des frères depuis Pékin jusqu'à la Cayenne, et il compte tous les sages pour ses frères. Il croit que la religion ne consiste ni dans les opinions d'une métaphysique inintelligible, ni dans de vains appareils, mais dans l'adoration et dans la justice. Faire le bien, voilà son culte ; être soumis à Dieu, voilà sa doctrine. Le mahométan lui crie : « Prends garde à toi si tu ne fais pas le pèlerinage de la Mecque ! » « Malheur à toi, lui dit un récollet, si tu ne fais pas un pèlerinage à Notre-Dame de Lorette ! » Il rit de Lorette et de la Mecque ; mais il secourt l'indigent et il défend l'opprimé.

Voltaire, *Dictionnaire philosophique*, article « Théiste ».

chapitre 14

Le Brigand

En arrivant aux frontières qui séparent l'Arabie Pétrée de la Syrie, comme il passait près d'un château assez fort[1], des Arabes armés en sortirent. Il se vit entouré ; on lui criait : « Tout ce que vous avez nous appartient, et votre personne appartient à notre maître. » Zadig pour réponse tira son épée ; son valet, qui avait du courage, en fit autant. Ils renversèrent morts les premiers Arabes qui mirent la main sur eux ; le nombre redoubla ; ils ne s'étonnèrent point[2], et résolurent de périr en combattant. On voyait deux hommes se défendre contre une multitude ; un tel combat ne pouvait durer longtemps. Le maître du château, nommé Arbogad[3], ayant vu d'une fenêtre les prodiges de valeur que faisait Zadig, conçut de l'estime pour lui. Il descendit en hâte, et vint lui-même écarter ses gens et délivrer les deux voyageurs. « Tout ce qui passe sur mes terres est à moi, dit-il, aussi bien que ce que je trouve sur les terres des autres ; mais vous me paraissez un si brave[4] homme que je vous exempte de la loi commune. » Il le fit entrer dans son château, ordonnant à ses gens de le bien traiter, et, le soir, Arbogad voulut souper avec Zadig.

Le seigneur du château était un de ces Arabes qu'on appelle voleurs ; mais il faisait quelquefois de bonnes actions parmi une foule de mauvaises ; il volait avec une rapacité furieuse, et donnait libéralement[5] ; intrépide dans l'action, assez doux dans le commerce[6], débauché à table, gai dans la débauche, et surtout plein de franchise. Zadig lui plut beaucoup ; sa conversation,

1. Très fortifié.
2. Ils ne s'effrayèrent pas.
3. Peut-être ce nom vient-il du grec Harpag (rapace) ; Arbogad serait donc le type de l'homme qui cherche à tout prix à s'enrichir.
4. Courageux.
5. Avec générosité.
6. Dans les relations humaines.

qui s'anima, fit durer le repas ; enfin Arbogad lui dit : « Je vous conseille de vous enrôler sous moi[7] ; vous ne sauriez mieux faire ; ce métier-ci n'est pas mauvais ; vous pourrez un jour devenir ce que je suis. – Puis-je vous demander, dit Zadig, depuis quel temps vous exercez cette noble profession ? – Dès ma plus tendre jeunesse, reprit le seigneur. J'étais valet d'un Arabe assez habile ; ma situation m'était insupportable. J'étais au désespoir de voir que dans toute la terre, qui appartient également aux hommes, la destinée ne m'eût pas réservé ma portion. Je confiai mes peines à un vieil Arabe, qui me dit : « Mon fils, ne désespérez pas : il y avait autrefois un grain de sable qui se lamentait d'être un atome ignoré dans les déserts ; au bout de quelques années il devint diamant, et il est à présent le plus bel ornement de la couronne du roi des Indes. » Ce discours me fit impression ; j'étais le grain de sable, je résolus de devenir diamant. Je commençai par voler deux chevaux ; je m'associai des camarades ; je me mis en état de voler de petites caravanes ; ainsi je fis cesser peu à peu la disproportion qui était d'abord entre les hommes et moi. J'eus ma part aux biens de ce monde, et je fus même dédommagé avec usure[8] : on me considéra beaucoup ; je devins seigneur brigand, j'acquis ce château par voie de fait[9]. Le satrape[10] de Syrie voulut m'en déposséder ; mais j'étais déjà trop riche pour avoir rien à craindre : je donnai de l'argent au satrape, moyennant quoi je conservai ce château, et j'agrandis mes domaines ; il me nomma même trésorier des tributs[11] que l'Arabie Pétrée payait au roi des rois[12]. Je fis ma charge de receveur[13], et point du tout celle de payeur.

Le grand desterham[14] de Babylone envoya ici, au nom du roi Moabdar, un petit satrape pour me faire étrangler.

7. Vous engager dans mon armée.
8. Avec intérêt.
9. Par la violence.
10. Gouverneur de province dans la Perse ancienne.
11. Impôts.
12. Roi de Perse.
13. Receveur des impôts.
14. Trésorier de l'État.

Cet homme arriva avec son ordre : j'étais instruit de tout ; je fis étrangler en sa présence les quatre personnes qu'il avait amenées avec lui pour serrer le lacet ; après quoi je lui demandai ce que pouvait lui valoir la commission de m'étrangler. Il me répondit que ses honoraires pouvaient aller à trois cents pièces d'or. Je lui fis voir clair qu'il y aurait plus à gagner avec moi. Je le fis sous-brigand ; il est aujourd'hui un de mes meilleurs officiers, et des plus riches. Si vous m'en croyez, vous réussirez comme lui. Jamais la saison de voler n'a été meilleure, depuis que Moabdar est tué et que tout est en confusion dans Babylone.

– Moabdar est tué ! dit Zadig, et qu'est devenue la reine Astarté ? – Je n'en sais rien, reprit Arbogad. Tout ce que je sais, c'est que Moabdar est devenu fou, qu'il a été tué, que Babylone est un grand coupe-gorge, que tout l'empire est désolé, qu'il y a de beaux coups à faire encore, et que pour ma part j'en ai fait d'admirables. – Mais la reine ? dit Zadig ; de grâce, ne savez-vous rien de la destinée de la reine ? – On m'a parlé d'un prince d'Hyrcanie[15], reprit-il ; elle est probablement parmi ses concubines, si elle n'a pas été tuée dans le tumulte[16] ; mais je suis plus curieux de butin que de nouvelles. J'ai pris plusieurs femmes dans mes courses ; je n'en garde aucune ; je les vends cher quand elles sont belles, sans m'informer de ce qu'elles sont. On n'achète point le rang ; une reine qui serait laide ne trouverait pas marchand[17] : peut-être ai-je vendu la reine Astarté, peut-être est-elle morte ; mais peu m'importe, et je pense que vous ne devez pas vous en soucier plus que moi. » En parlant ainsi il buvait avec tant de courage[18], il confondait tellement toutes les idées, que Zadig n'en put tirer aucun éclaircissement.

15. Voir la carte p. 16-17.
16. Pendant les troubles politiques.
17. Acheteur.
18. Avec tant d'ardeur.

Il restait interdit, accablé, immobile. Arbogad buvait toujours, faisait des contes[19], répétait sans cesse qu'il était le plus heureux de tous les hommes, exhortant Zadig à se rendre aussi heureux que lui. Enfin, doucement assoupi[20] par les fumées du vin, il alla dormir d'un sommeil tranquille. Zadig passa la nuit dans l'agitation la plus violente. « Quoi ! disait-il, le roi est devenu fou ! il est tué ! Je ne peux m'empêcher de le plaindre. L'empire est déchiré, et ce brigand est heureux. Ô fortune ! ô destinée ! un voleur est heureux et ce que la nature a fait de plus aimable a péri peut-être d'une manière affreuse, ou vit dans un état pire que la mort. Ô Astarté ! qu'êtes-vous devenue ? »

Dès le point du jour il interrogea tous ceux qu'il rencontrait dans le château ; mais tout le monde était occupé, personne ne lui répondit : on avait fait pendant la nuit de nouvelles conquêtes, on partageait les dépouilles. Tout ce qu'il put obtenir dans cette confusion tumultueuse, ce fut la permission de partir. Il en profita sans tarder, plus abîmé que jamais dans ses réflexions douloureuses.

Zadig marchait inquiet, agité, l'esprit tout occupé de la malheureuse Astarté, du roi de Babylone, de son fidèle Cador, de l'heureux brigand Arbogad, de cette femme si capricieuse que des Babyloniens avaient enlevée sur les confins de l'Égypte ; enfin de tous les contretemps et de toutes les infortunes qu'il avait éprouvés.

19. Racontait des histoires invraisemblables.
20. Endormi.

Chapitre 15

Le Pêcheur

À quelques lieues[1] du château d'Arbogad, il se trouva sur le bord d'une petite rivière, toujours déplorant sa destinée[2] et se regardant comme le modèle du malheur. Il vit un pêcheur couché sur la rive, tenant à peine[3] d'une main languissante son filet, qu'il semblait abandonner, levant les yeux vers le ciel.

« Je suis certainement le plus malheureux de tous les hommes, disait le pêcheur. J'ai été, de l'aveu de tout le monde, le plus célèbre marchand de fromages à la crème dans Babylone, et j'ai été ruiné. J'avais la plus jolie femme qu'homme de ma sorte pût posséder, et j'en ai été trahi. Il me restait une chétive[4] maison, je l'ai vue pillée et détruite. Réfugié dans une cabane, je n'ai de ressource que ma pêche, et je ne prends pas un poisson. Ô mon filet ! je ne te jetterai plus dans l'eau, c'est à moi de m'y jeter. » En disant ces mots il se lève, et s'avance dans l'attitude d'un homme qui allait se précipiter et finir sa vie.

« Eh quoi ! se dit Zadig à lui-même, il y a donc des hommes aussi malheureux que moi ! » L'ardeur[5] de sauver la vie au pêcheur fut aussi prompte[6] que cette réflexion. Il court à lui, il l'arrête, il l'interroge d'un air attendri et consolant. On prétend qu'on en est moins malheureux quand on ne l'est pas seul. Mais, selon Zoroastre, ce n'est pas par malignité[7], c'est par besoin. On se sent alors entraîné vers un infortuné comme vers son semblable. La joie d'un homme heureux serait

1. Une lieue représente environ 4 km.
2. Se désolant sur sa destinée.
3. Avec difficulté.
4. Misérable.
5. La volonté.
6. Rapide.
7. Méchanceté.

une insulte ; mais deux malheureux sont comme deux arbrisseaux faibles qui, s'appuyant l'un sur l'autre, se fortifient contre l'orage.

« Pourquoi succombez-vous à vos malheurs ? dit Zadig au pêcheur. – C'est, répondit-il, parce que je n'y vois pas de ressource[8]. J'ai été le plus considéré du village de Derlback auprès de Babylone, et je faisais, avec l'aide de ma femme, les meilleurs fromages à la crème de l'empire. La reine Astarté et le fameux ministre Zadig les aimaient passionnément. J'avais fourni à leur maison six cents fromages. J'allai un jour à la ville pour être payé ; j'appris, en arrivant dans Babylone, que la reine et Zadig avaient disparu. Je courus chez le seigneur Zadig, que je n'avais jamais vu : je trouvai les archers du grand desterham, qui, munis d'un papier royal, pillaient sa maison loyalement[9] et avec ordre. Je volai aux cuisines de la reine : quelques-uns des seigneurs de la bouche[10] me dirent qu'elle était morte ; d'autres dirent qu'elle était en prison ; d'autres prétendirent qu'elle avait pris la fuite ; mais tous m'assurèrent qu'on ne me paierait point mes fromages. J'allai avec ma femme chez le seigneur Orcan[11], qui était une de mes pratiques[12] : nous lui demandâmes sa protection dans notre disgrâce ; il l'accorda à ma femme, et me la refusa. Elle était plus blanche que ses fromages à la crème, qui commencèrent mon malheur ; et l'éclat de la pourpre de Tyr n'était pas plus brillant que l'incarnat qui animait cette blancheur. C'est ce qui fit qu'Orcan la retint, et me chassa de sa maison. J'écrivis à ma chère femme la lettre d'un désespéré. Elle dit au porteur : « Ah, ah ! oui, je sais quel est l'homme qui m'écrit, j'en ai entendu parler : on dit qu'il fait des fromages à la crème excellents ; qu'on m'en apporte, et qu'on les lui paie. »

8. Solution.
9. En toute légalité.
10. Personnes chargées de la table du roi.
11. Voir le chapitre 1 (p. 18).
12. Un de mes clients.

Dans mon malheur, je voulus m'adresser à la justice. Il me restait six onces d'or : il fallut en donner deux onces à l'homme de loi que je consultai, deux au procureur qui entreprit mon affaire, deux au secrétaire du premier juge. Quand tout cela fut fait, mon procès n'était pas encore commencé, et j'avais déjà dépensé plus d'argent que mes fromages et ma femme ne valaient. Je retournai à mon village dans l'intention de vendre ma maison pour avoir ma femme.

Ma maison valait bien soixante onces d'or ; mais on me voyait pauvre et pressé de vendre. Le premier à qui je m'adressai m'en offrit trente onces, le second vingt, et le troisième dix. J'étais prêt enfin de conclure, tant j'étais aveuglé, lorsqu'un prince d'Hyrcanie vint à Babylone et ravagea tout sur son passage. Ma maison fut d'abord saccagée, et ensuite brûlée.

« Ayant ainsi perdu mon argent, ma femme et ma maison, je me suis retiré dans ce pays où vous me voyez. J'ai tâché de subsister du métier de pêcheur ; les poissons se moquent de moi comme les hommes. Je ne prends rien, je meurs de faim ; et, sans vous, auguste[13] consolateur, j'allais mourir dans la rivière. »

Le pêcheur ne fit point ce récit tout de suite[14] ; car à tout moment Zadig, ému et transporté, lui disait : « Quoi ! vous ne savez rien de la destinée de la reine ? – Non, Seigneur, répondait le pêcheur ; mais je sais que la reine et Zadig ne m'ont point payé mes fromages à la crème, qu'on a pris ma femme, et que je suis au désespoir. – Je me flatte[15], dit Zadig, que vous ne perdrez pas tout votre argent. J'ai entendu parler de ce Zadig ; il est honnête homme ; et s'il retourne à Babylone, comme il l'espère, il vous donnera plus qu'il ne vous doit ; mais pour votre femme, qui n'est pas si honnête, je vous conseille

13. Noble.
14. D'une seule traite.
15. Je prétends.

de ne pas chercher à la reprendre. Croyez-moi, allez à Babylone ; j'y serai avant vous, parce que je suis à cheval et que vous êtes à pied. Adressez-vous à l'illustre Cador ; dites-lui que vous avez rencontré son ami ; attendez-moi chez lui. Allez ; peut-être ne serez-vous pas toujours malheureux.

« Ô puissant Orosmade[16] ! continua-t-il, vous vous servez de moi pour consoler cet homme, de qui vous servirez-vous pour me consoler ? » En parlant ainsi il donnait au pêcheur la moitié de tout l'argent qu'il avait apporté d'Arabie, et le pêcheur, confondu et ravi, baisait les pieds de l'ami de Cador, et disait : « Vous êtes un ange sauveur. »

Cependant Zadig demandait toujours des nouvelles et versait des larmes. « Quoi ! Seigneur, s'écria le pêcheur, vous seriez donc aussi malheureux, vous qui faites du bien ? – Plus malheureux que toi cent fois, répondait Zadig. – Mais comment se peut-il faire, disait le bonhomme[17], que celui qui donne soit plus à plaindre que celui qui reçoit ? – C'est que ton plus grand malheur, reprit Zadig, était le besoin, et que je suis infortuné par le cœur. – Orcan vous aurait-il pris votre femme ? » dit le pêcheur. Ce mot rappela dans l'esprit de Zadig toutes ses aventures : il répétait la liste de ses infortunes, à commencer depuis la chienne de la reine jusqu'à son arrivée chez le brigand Arbogad. « Ah ! dit-il au pêcheur, Orcan mérite d'être puni. Mais d'ordinaire ce sont ces gens-là qui sont les favoris de la destinée. Quoi qu'il en soit, va chez le seigneur Cador, et attends-moi. » Ils se séparèrent : le pêcheur marcha en remerciant son destin, et Zadig courut en accusant toujours le sien.

16. La divinité du Bien dans la religion de Zoroastre.
17. Le brave homme.

Questions

Repérer et analyser

Le narrateur et le conte oriental

Le récit enchâssé

Parfois, dans un récit, il arrive qu'un personnage prenne longuement la parole et raconte une histoire qui forme un second récit. On appelle ce second récit un récit enchâssé.

1 **a.** Quels sont les personnages qui tiennent en partie le rôle du narrateur dans ces deux chapitres ? À quels indices le voyez-vous ?
b. À qui ces personnages s'adressent-ils ? En quoi leur récit apporte-t-il des éléments nouveaux sur l'intrigue mise en place dans le conte ?
c. Quel peut être l'intérêt d'utiliser le procédé du récit enchâssé ?

Le parcours de Zadig

Les lieux traversés et les épreuves

2 **a.** Dans quelle contrée Zadig arrive-t-il au début du chapitre 14 ? Aidez-vous de la carte (p. 16-17) pour répondre.
b. Quel obstacle Zadig rencontre-t-il ? Quelle qualité lui vaut ici d'être épargné ?

3 **a.** Quelle distance a-t-il parcouru entre les chapitres 14 et 15 ?
b. Vers quelle ville Zadig se dirige-t-il à la fin du chapitre 15 ?

Les personnages rencontrés

4 Qui sont les deux personnages rencontrés par Zadig ? En quoi sont-ils différents ? Pour répondre :
a. Appuyez-vous sur ce qu'ils ont vécu et sur la façon dont chacun des deux a agi ou réagi.
b. Dites lequel a obéi au principe du bien, lequel au principe du mal. Qui est le plus heureux des deux ? Qui est le plus malheureux ?

La réaction de Zadig

5 **a.** Quelle est la réaction de Zadig après le récit de chacun des deux personnages ? Appuyez-vous sur le texte.
b. Duquel des deux personnages se sent-il le plus proche ? Pour quelle raison ? Comment lui vient-il en aide ?

6 Qui, en fait, occupe toutes ses pensées ? Citez le texte.

Le mode de narration : la distanciation

Voltaire dans ses contes crée des effets de distanciation en présentant des événements sérieux ou tragiques sur un ton propre à faire sourire le lecteur. Ainsi, à plusieurs reprises dans *Zadig* et dans ces chapitres en particulier, le narrateur ne permet pas au lecteur de s'apitoyer sur le sort des personnages…

7 **a.** Quel personnage, dans le chapitre 15, pourrait apitoyer le lecteur ? Pour quelles raisons ?
b. Relevez les mots et expressions propres à faire sourire le lecteur. Quel est l'effet produit ?

La réflexion philosophique

La destinée et le problème du mal

Zadig, dans sa quête du bonheur, se trouve confronté à l'existence du mal. Le conte se présente donc comme une réflexion de Voltaire sur le problème du mal.

8 Quels malheurs s'accumulent sur Zadig, sur Astarté, sur Babylone ?

9 **a.** Quelle destinée est promise à celui qui se conduit malhonnêtement dans la vie ?
b. Quelle destinée pour celui qui mène une vie honnête ?
c. Quelle conclusion Zadig en tire-t-il à la fin du chapitre 15 ?

La visée

10 Voltaire est-il pessimiste ou optimiste sur la marche du monde ?

Se documenter

La parabole du bon Samaritain

Le mot « parabole » vient du grec « parabolê » (comparaison) et signifie une histoire imagée sous laquelle se cache un enseignement. La Bible l'utilise fréquemment. Par exemple la parabole de la brebis égarée compare Jésus à un bon berger dont la mission est de ramener dans le droit chemin tout homme qui se serait égaré.

Mais lui […] dit à Jésus : « Et qui est mon prochain ? » Jésus reprit : « Un homme descendait de Jérusalem à Jéricho, et il tomba au milieu de brigands qui, après l'avoir dépouillé et roué de coups,

s'en allèrent, le laissant à demi mort. Un prêtre vint à descendre par ce chemin-là ; il le vit et passa outre. Pareillement un lévite, survenant en ce lieu, le vit et passa outre.
Mais un Samaritain, qui était en voyage, arriva près de lui, le vit et fut pris de pitié. Il s'approcha, banda ses plaies, y versant de l'huile et du vin, puis le chargea sur sa propre monture, le mena à l'hôtellerie et prit soin de lui. Le lendemain, il tira deux deniers et les donna à l'hôtelier, en disant : « Prends soin de lui, et ce que tu auras dépensé en plus, je te le rembourserai, moi, à mon retour. » Lequel de ces trois, à ton avis, s'est montré le prochain de l'homme tombé aux mains des brigands ? » Il dit : « Celui-là qui a exercé la miséricorde envers lui. » Et Jésus dit : « Va, et toi aussi, fais de même. »

© Bible, *Nouveau Testament*, Saint Luc, 10, 33, éd. du Cerf, 1986.

11 De quel personnage biblique Zadig peut-il être rapproché ? En quoi l'histoire du pêcheur peut-elle s'apparenter à la parabole du bon Samaritain ?

Chapitre 16

Le Basilic[1]

Arrivé dans une belle prairie, il y vit plusieurs femmes qui cherchaient quelque chose avec beaucoup d'application. Il prit la liberté de s'approcher de l'une d'elles et de lui demander s'il pouvait avoir l'honneur de les aider dans leurs recherches. « Gardez-vous-en bien, répondit la Syrienne; ce que nous cherchons ne peut être touché que par des femmes. – Voilà qui est bien étrange, dit Zadig; oserai-je vous prier de m'apprendre ce que c'est qu'il n'est permis qu'aux femmes de toucher ? – C'est un basilic, dit-elle. – Un basilic, Madame ? et pour quelle raison, s'il vous plait, cherchez-vous un basilic ? – C'est pour notre seigneur et maitre Ogul[2], dont vous voyez le château sur le bord de cette rivière, au bout de la prairie. Nous sommes ses très humbles esclaves; le seigneur Ogul est malade; son médecin lui a ordonné de manger un basilic cuit dans l'eau rose, et comme c'est un animal fort rare, qui ne se laisse jamais prendre que par des femmes, le seigneur Ogul a promis de choisir pour sa femme bien-aimée celle de nous qui lui apporterait un basilic: laissez-moi chercher, s'il vous plaît, car vous voyez ce qu'il m'en coûterait si j'étais prévenue[3] par mes compagnes. »

Zadig laissa cette Syrienne et les autres chercher leur basilic, et continua de marcher dans la prairie. Quand il fut au bord du petit ruisseau, il y trouva une autre dame couchée sur le gazon, et qui ne cherchait rien. Sa taille paraissait majestueuse, mais son visage était couvert d'un voile. Elle était penchée vers le ruisseau; de profonds soupirs sortaient de sa bouche.

1. Bête fabuleuse dont le regard était mortel.

2. « Gulo » signifie glouton.

3. Devancée.

Elle tenait en main une petite baguette, avec laquelle elle traçait des caractères sur un sable fin qui se trouvait entre le gazon et le ruisseau. Zadig eut la curiosité de voir ce que cette femme écrivait ; il s'approcha, il vit la lettre Z, puis un A ; il fut étonné ; puis parut un D ; il tressaillit. Jamais surprise ne fut égale à la sienne quand il vit les deux dernières lettres de son nom. Il demeura quelque temps immobile ; enfin, rompant le silence d'une voix entrecoupée : « Ô généreuse[4] dame ! pardonnez à un étranger, à un infortuné, d'oser vous demander par quelle aventure étonnante je trouve ici le nom de Zadig tracé de votre main divine. » À cette voix, à ces paroles, la dame releva son voile d'une main tremblante, regarda Zadig, jeta un cri d'attendrissement, de surprise et de joie, et, succombant sous tous les mouvements divers qui assaillaient à la fois son âme, elle tomba évanouie entre ses bras. C'était Astarté elle-même, c'était la reine de Babylone, c'était celle que Zadig adorait, et qu'il se reprochait d'adorer ; c'était celle dont il avait tant pleuré et tant craint la destinée. Il fut un moment privé de l'usage de ses sens ; et quand il eut attaché ses regards sur les yeux d'Astarté, qui se rouvraient avec une langueur mêlée de confusion et de tendresse : « Ô puissances immortelles ! s'écria-t-il, qui présidez aux destins des faibles humains, me rendez-vous Astarté ? En quel temps, en quels lieux, en quel état la revois-je ! » Il se jeta à genoux devant Astarté, et il attacha son front à la poussière de ses pieds. La reine de Babylone le relève, et le fait asseoir auprès d'elle sur le bord de ce ruisseau ; elle essuyait à plusieurs reprises ses yeux dont les larmes recommençaient toujours à couler. Elle reprenait vingt fois des discours que ses gémissements interrompaient ; elle l'interrogeait sur le hasard qui les rassemblait, et prévenait soudain ses réponses par d'autres questions. Elle entamait le récit de ses malheurs,

4. Noble.

et voulait savoir ceux de Zadig. Enfin tous deux ayant un peu apaisé le tumulte de leurs âmes, Zadig lui conta en peu de mots par quelle aventure il se trouvait dans cette prairie. « Mais, ô malheureuse et respectable reine ! comment vous retrouvai-je en ce lieu écarté, vêtue en esclave, et accompagnée d'autres femmes esclaves qui cherchent un basilic pour le faire cuire dans de l'eau rose par ordonnance du médecin ?

– Pendant qu'elles cherchent leur basilic, dit la belle Astarté, je vais vous apprendre tout ce que j'ai souffert, et tout ce que je pardonne au Ciel depuis que je vous revois. Vous savez que le roi mon mari trouva mauvais que vous fussiez le plus aimable de tous les hommes ; et ce fut pour cette raison qu'il prit une nuit la résolution de vous faire étrangler et de m'empoisonner. Vous savez comme[5] le Ciel permit que mon petit muet m'avertît de l'ordre de Sa Sublime Majesté. À peine le fidèle Cador vous eut-il forcé de m'obéir et de partir qu'il osa entrer chez moi au milieu de la nuit par une issue secrète. Il m'enleva, et me conduisit dans le temple d'Orosmade, où le mage, son frère, m'enferma dans une statue colossale[6] dont la base touche aux fondements du temple et dont la tête atteint la voûte. Je fus là comme ensevelie, mais servie par le mage et ne manquant d'aucune chose nécessaire. Cependant[7], au point du jour, l'apothicaire[8] de Sa Majesté entra dans ma chambre avec une potion mêlée de jusquiame, d'opium, de ciguë, d'ellébore noir et d'aconit[9] ; et un autre officier alla chez vous avec un lacet de soie bleue. On ne trouva personne. Cador, pour mieux tromper le roi, feignit de venir nous accuser tous deux. Il dit que vous aviez pris la route des Indes, et moi celle de Memphis : on envoya des satellites[10] après vous et après moi.

5. Comment.
6. Immense.
7. Pendant ce temps.
8. Médecin qui prépare les médicaments.
9. Plantes vénéneuses ou destinées à endormir.
10. Gardes.

« Les courriers qui me cherchaient ne me connaissaient pas. Je n'avais presque jamais montré mon visage qu'à vous seul, en présence et par ordre de mon époux. Ils coururent à ma poursuite, sur le portrait qu'on leur avait fait de ma personne : une femme de la même taille que moi, et qui peut-être avait plus de charmes, s'offrit à leurs regards sur les frontières de l'Égypte. Elle était éplorée, errante. Ils ne doutèrent pas que cette femme ne fût la reine de Babylone ; ils la menèrent à Moabdar. Leur méprise fit entrer d'abord le roi dans une violente colère ; mais bientôt, ayant considéré de plus près cette femme, il la trouva très belle, et fut consolé. On l'appelait Missouf. On m'a dit depuis que ce nom signifie en langue égyptienne *la belle capricieuse*. Elle l'était en effet ; mais elle avait autant d'art que de caprice. Elle plut à Moabdar. Elle le subjugua au point de se faire déclarer sa femme. Alors son caractère se développa tout entier ; elle se livra sans crainte à toutes les folies de son imagination. Elle voulut obliger le chef des mages, qui était vieux et goutteux[11], de danser devant elle ; et, sur le refus du mage, elle le persécuta violemment. Elle ordonna à son grand écuyer de lui faire une tourte de confitures. Le grand écuyer eut beau lui présenter[12] qu'il n'était point pâtissier, il fallut qu'il fît la tourte ; et on le chassa parce qu'elle était trop brûlée. Elle donna la charge de grand écuyer à son nain, et la place de chancelier à un page. C'est ainsi qu'elle gouverna Babylone. Tout le monde me regrettait. Le roi, qui avait été assez honnête homme jusqu'au moment où il avait voulu m'empoisonner et vous faire étrangler, semblait avoir noyé ses vertus dans l'amour prodigieux qu'il avait pour la belle capricieuse. Il vint au temple le grand jour du feu sacré. Je le vis implorer les dieux pour Missouf aux pieds de la statue où j'étais renfermée. J'élevai la voix ; je lui criai : “Les dieux

11. Atteint d'une maladie des articulations. **12.** Faire remarquer.

refusent les vœux d'un roi devenu tyran, qui a voulu faire mourir une femme raisonnable pour épouser une extravagante[13]." Moabdar fut confondu[14] de ces paroles au point que sa tête se troubla. L'oracle que j'avais rendu et la tyrannie de Missouf suffisaient pour lui faire perdre le jugement. Il devint fou en peu de jours.

« Sa folie, qui parut un châtiment du Ciel, fut le signal de la révolte. On se souleva, on courut aux armes. Babylone, si longtemps plongée dans une mollesse oisive[15], devint le théâtre[16] d'une guerre civile affreuse. On me tira du creux de ma statue, et on me mit à la tête d'un parti. Cador courut à Memphis pour vous ramener à Babylone. Le prince d'Hyrcanie, apprenant ces funestes nouvelles, revint avec son armée faire un troisième parti dans la Chaldée. Il attaqua le roi, qui courut au-devant de lui avec son extravagante Égyptienne. Moabdar mourut percé de coups. Missouf tomba aux mains des vainqueurs. Mon malheur voulut que je fusse prise moi-même par un parti hyrcanien, et qu'on me menât devant le prince précisément dans le temps qu'on lui amenait Missouf. Vous serez flatté, sans doute, en apprenant que le prince me trouva plus belle que l'Égyptienne ; mais vous serez fâché d'apprendre qu'il me destina à son sérail[17]. Il me dit fort résolument que, dès qu'il aurait fini une expédition militaire qu'il allait exécuter, il viendrait à moi. Jugez de ma douleur. Mes liens avec Moabdar étaient rompus, je pouvais être à Zadig ; et je tombais dans les chaînes de ce barbare. Je lui répondis avec toute la fierté que me donnaient mon rang et mes sentiments. J'avais toujours entendu dire que le Ciel attachait aux personnes de ma sorte un caractère de grandeur qui, d'un mot et d'un coup d'œil, faisait rentrer dans l'abaissement du plus profond respect

13. Déraisonnable.
14. Bouleversé.
15. Inactive.
16. Le lieu.
17. Harem, appartement des femmes chez les musulmans.

les téméraires qui osaient s'en écarter. Je parlai en reine ; mais je fus traitée en demoiselle suivante. L'Hyrcanien, sans daigner seulement m'adresser la parole, dit à son eunuque noir que j'étais une impertinente, mais qu'il me trouvait jolie. Il lui ordonna d'avoir soin de moi, et de me mettre au régime des favorites, afin de me rafraîchir le teint et de me rendre plus digne de ses faveurs pour le jour où il aurait la commodité de m'en honorer. Je lui dis que je me tuerais ; il répliqua en riant qu'on ne se tuait point, qu'il était fait à ces façons-là, et me quitta comme un homme qui vient de mettre un perroquet dans sa ménagerie. Quel état pour la première reine de l'univers, et, je dirai plus, pour un cœur qui était à Zadig ! »

À ces paroles, il se jeta à ses genoux et les baigna de larmes. Astarté le releva tendrement, et elle continua ainsi : « Je me voyais au pouvoir d'un barbare et rivale d'une folle avec qui j'étais renfermée. Elle me raconta son aventure d'Égypte. Je jugeai par les traits dont elle vous peignait, par le temps, par le dromadaire sur lequel vous étiez monté, par toutes les circonstances, que c'était Zadig qui avait combattu pour elle. Je ne doutai pas que vous ne fussiez à Memphis ; je pris la résolution de m'y retirer. "Belle Missouf, lui dis-je, vous êtes beaucoup plus plaisante que moi, vous divertirez bien mieux que moi le prince d'Hyrcanie. Facilitez-moi les moyens de me sauver ; vous régnerez seule, vous me rendrez heureuse en vous débarrassant d'une rivale." Missouf concerta avec moi les moyens de ma fuite. Je partis donc secrètement avec une esclave égyptienne.

« J'étais déjà près de l'Arabie, lorsqu'un fameux voleur, nommé Arbogad, m'enleva, et me vendit à des marchands qui m'ont amenée dans ce château, où demeure le seigneur Ogul. Il m'a achetée sans savoir qui j'étais. C'est un homme voluptueux qui ne cherche qu'à faire grande chère[18], et qui croit que

18. À faire des festins.

Dieu l'a mis au monde pour tenir table. Il est d'un embonpoint excessif, qui est toujours prêt à le suffoquer. Son médecin, qui n'a que peu de crédit auprès de lui quand il digère bien, le gouverne despotiquement[19] quand il a trop mangé. Il lui a persuadé qu'il le guérirait avec un basilic cuit dans de l'eau rose. Le seigneur Ogul a promis sa main à celle de ses esclaves qui lui apporterait un basilic. Vous voyez que je les laisse s'empresser à mériter cet honneur, et je n'ai jamais eu moins envie de trouver ce basilic que depuis que le Ciel a permis que je vous revisse. »

Alors Astarté et Zadig se dirent tout ce que des sentiments longtemps retenus, tout ce que leurs malheurs et leurs amours pouvaient inspirer aux cœurs les plus nobles et les plus passionnés ; et les génies qui président à l'amour portèrent leurs paroles jusqu'à la sphère de Vénus[20].

Les femmes rentrèrent chez Ogul sans avoir rien trouvé. Zadig se fit présenter à lui, et lui parla en ces termes : « Que la santé immortelle descende du ciel pour avoir soin de tous vos jours ! Je suis médecin ; j'ai accouru vers vous sur le bruit de votre maladie, et je vous ai apporté un basilic cuit dans de l'eau rose. Ce n'est pas que je prétende vous épouser. Je ne vous demande que la liberté d'une jeune esclave de Babylone que vous avez depuis quelques jours ; et je consens de[21] rester en esclavage à sa place si je n'ai pas le bonheur de guérir le magnifique seigneur Ogul. »

La proposition fut acceptée. Astarté partit pour Babylone avec le domestique de Zadig, en lui promettant de lui envoyer incessamment[22] un courrier pour l'instruire de tout ce qui se serait passé. Leurs adieux furent aussi tendres que l'avait été leur reconnaissance. Le moment où l'on se retrouve et celui où l'on se sépare sont les deux plus grandes époques de la vie,

19. De façon tyrannique.
20. Déesse de l'Amour.
21. J'accepte de.
22. Le plus vite possible.

comme dit le grand livre du Zend[23]. Zadig aimait la reine autant qu'il le jurait, et la reine aimait Zadig plus qu'elle ne lui disait.

Cependant Zadig parlait ainsi à Ogul : « Seigneur, on ne mange point mon basilic, toute sa vertu doit entrer chez vous par les pores[24]. Je l'ai mis dans une petite outre bien enflée et couverte d'une peau fine : il faut que vous poussiez cette outre de toute votre force, et que je vous la renvoie à plusieurs reprises ; et en peu de jours de régime vous verrez ce que peut mon art. » Ogul, dès le premier jour, fut tout essoufflé, et crut qu'il mourrait de fatigue. Le second, il fut moins fatigué, et dormit mieux. En huit jours il recouvra[25] toute la force, la santé, la légèreté et la gaieté de ses plus brillantes années. « Vous avez joué au ballon, et vous avez été sobre[26], lui dit Zadig : apprenez qu'il n'y a point de basilic dans la nature, qu'on se porte toujours bien avec de la sobriété et de l'exercice, et que l'art de faire subsister ensemble l'intempérance[27] et la santé est un art aussi chimérique[28] que la pierre philosophale[29], l'astrologie judiciaire[30] et la théologie[31] des mages. »

Le premier médecin d'Ogul, sentant combien cet homme était dangereux pour la médecine, s'unit avec l'apothicaire du corps[32] pour envoyer Zadig chercher des basilics dans l'autre monde. Ainsi, après avoir été toujours puni pour avoir bien fait, il était près de périr pour avoir guéri un seigneur gourmand. On l'invita à un excellent dîner. Il devait être empoisonné au second service ; mais il reçut un courrier de la belle Astarté au premier. Il quitta la table, et partit. « Quand on est aimé d'une belle femme, dit le grand Zoroastre, on se tire toujours d'affaire dans ce monde. »

23. Texte attribué à Zoroastre.
24. Petits orifices de la peau.
25. Retrouva.
26. Qui mange et boit avec modération.
27. Abus de nourriture et de boisson.
28. Qui n'existe pas.
29. Pierre qui permettrait de transformer la matière en or.
30. Qui cherche à déterminer le caractère et l'avenir d'un individu.
31. Étude des questions religieuses.
32. Du corps des officiers.

Illustration pour *Zadig*, gravure de C. Rolls, XIXe siècle.

Questions

Repérer et analyser

Le narrateur

1 **a.** À quel personnage le narrateur confie-t-il la charge de raconter l'histoire dans la majeure partie de ce chapitre ? À quels indices le voyez-vous ?
b. À qui ce personnage s'adresse-t-il ?

Le conte oriental

La scène des retrouvailles

2 Où ont lieu les retrouvailles de Zadig et d'Astarté ? Dans quelles circonstances ?

3 L'anaphore

> L'anaphore est une figure de style qui consiste à répéter un mot ou groupe de mots en début de propositions, de phrases ou de vers.

Relevez une anaphore dans les lignes 41 à 44. Quel est l'effet produit ?

4 Relevez le champ lexical de l'émotion amoureuse dans la scène des retrouvailles. Quel est l'effet produit ?

Le mode de narration : le retour en arrière

> Le retour en arrière consiste à raconter des événements après le moment où ils se situent dans l'histoire. Au cinéma, ce procédé s'appelle flash-back.

5 **a.** Retracez dans un tableau le parcours d'Astarté et les péripéties rencontrées depuis le jour où Zadig s'est enfui.
b. Complétez ce tableau en mettant en parallèle ce qui est survenu à Zadig.

6 Quels personnages, rencontrés dans des précédents chapitres, retrouve-t-on ? Pourquoi ?

Le parcours de Zadig

7 Dans quel état d'esprit Zadig se trouve-t-il au moment où il reconnaît Astarté ? Citez le texte.

8 En quoi ces retrouvailles marquent-elles la fin du voyage de Zadig ?

La réflexion philosophique

La satire

9 En quoi ce chapitre présente-t-il une satire de la médecine ?

10 Quels conseils de bon sens et de sagesse Zadig donne-t-il à Ogul ? Quel type d'exercices lui fait-il faire ?

La destinée

11 Dans ce chapitre, quel mot utilisé par Astarté est synonyme de « destin » ?

12 **a.** Quel nouveau malheur s'abat sur Zadig à la fin du chapitre ? Que risque Zadig à faire le bien ? Citez le texte.

b. Par quoi est-il sauvé ?

La visée

13 Quelles sont les différentes visées de ce chapitre ? Appuyez-vous sur l'ensemble de vos réponses.

Écrire

Exercice de réécriture

14 Récrivez le discours d'Astarté à Zadig au discours indirect depuis « Pendant qu'elles cherchent leur basilic » (l. 65) jusqu'à « et de m'empoisonner. » (l. 70)

Enquêter

La satire de la médecine

15 Dans quelles pièces de théâtre Molière fait-il une satire des médecins ? Que leur reproche-t-il ?

Mettre en scène

16 Jouez la scène des retrouvailles entre Zadig et Astarté en vous appuyant précisément sur les indices donnés par le texte.

Chapitre 17

Les Combats

La reine avait été reçue à Babylone avec les transports[1] qu'on a toujours pour une belle princesse qui a été malheureuse. Babylone alors paraissait être plus tranquille. Le prince d'Hyrcanie avait été tué dans un combat. Les Babyloniens, vainqueurs, déclarèrent qu'Astarté épouserait celui qu'on choisirait pour souverain. On ne voulut point que la première place du monde, qui serait celle de mari d'Astarté et de roi de Babylone, dépendît des intrigues et des cabales[2]. On jura de reconnaître pour roi le plus vaillant et le plus sage. Une grande lice[3] bordée d'amphithéâtres[4] magnifiquement ornés fut formée à quelques lieues de la ville. Les combattants devaient s'y rendre armés de toutes pièces. Chacun d'eux avait derrière les amphithéâtres un appartement séparé où il ne devait être vu ni connu de personne. Il fallait courir quatre lances[5]. Ceux qui seraient assez heureux pour vaincre quatre chevaliers devraient combattre ensuite les uns contre les autres ; de façon que celui qui resterait le dernier maître du champ serait proclamé vainqueur des jeux. Il devait revenir quatre jours après, avec les mêmes armes, et expliquer les énigmes proposées par les mages. S'il n'expliquait point les énigmes, il n'était point roi, et il fallait recommencer à courir des lances jusqu'à ce qu'on trouvât un homme qui fût vainqueur dans ces deux combats ; car on voulait absolument pour roi le plus vaillant et le plus sage. La reine, pendant tout ce temps, devait être étroitement gardée : on lui permettait seulement d'assister aux jeux, couverte d'un voile ; mais on ne souffrait pas[6] qu'elle parlât à aucun des prétendants, afin qu'il n'y eût ni faveur ni injustice.

1. Ici, manifestations de joie.
2. Complots.
3. Champ clos où se déroulent les combats.
4. Édifices à gradins.
5. Affronter quatre adversaires.
6. On interdisait.

Voilà ce qu'Astarté faisait savoir à son amant, espérant qu'il montrerait pour elle plus de valeur et d'esprit que personne. Il partit, et pria Vénus de fortifier son courage et d'éclairer son esprit. Il arriva sur le rivage de l'Euphrate la veille de ce grand jour. Il fit inscrire sa devise[7] parmi celles des combattants, en cachant son visage et son nom, comme la loi l'ordonnait, et alla se reposer dans l'appartement qui lui échut par le sort[8]. Son ami Cador, qui était revenu à Babylone après l'avoir inutilement cherché en Égypte, fit porter dans sa loge une armure complète que la reine lui envoyait. Il lui fit amener aussi de sa part le plus beau cheval de Perse. Zadig reconnut Astarté à ces présents : son courage et son amour en prirent de nouvelles forces et de nouvelles espérances.

Le lendemain, la reine étant venue se placer sous un dais[9] de pierreries, et les amphithéâtres étant remplis de toutes les dames et de tous les ordres[10] de Babylone, les combattants parurent dans le cirque. Chacun d'eux vint mettre sa devise aux pieds du grand mage. On tira au sort les devises ; celle de Zadig fut la dernière. Le premier qui s'avança était un seigneur très riche, nommé Itobad, fort vain[11], peu courageux, très maladroit, et sans esprit. Ses domestiques l'avaient persuadé qu'un homme comme lui devait être roi ; il leur avait répondu : « Un homme comme moi doit régner. » Ainsi on l'avait armé de pied en cap. Il portait une armure d'or émaillée de vert[12], un panache vert, une lance ornée de rubans verts. On s'aperçut d'abord[13], à la manière dont Itobad gouvernait[14] son cheval, que ce n'était pas un homme comme lui à qui le Ciel réservait le sceptre[15] de Babylone. Le premier cavalier qui courut contre lui le désarçonna ; le second le renversa sur la croupe

7. Formule sur un blason.
8. Que le sort lui attribua.
9. Tenture suspendue au-dessus du trône.
10. Classes sociales.
11. Vaniteux.
12. Le vert est la couleur des nouveaux chevaliers.
13. Tout de suite.
14. Manœuvrait.
15. Bâton de commandement royal.

de son cheval, les deux jambes en l'air et les bras étendus. Itobad se remit, mais de si mauvaise grâce que tout l'amphithéâtre se mit à rire. Un troisième ne daigna pas se servir de sa lance ; mais en lui faisant une passe, il le prit par la jambe droite, et, lui faisant faire un demi-tour, il le fit tomber sur le sable ; les écuyers des jeux accoururent à lui en riant et le remirent en selle. Le quatrième combattant le prend par la jambe gauche, et le fait tomber de l'autre côté. On le conduisit avec des huées[16] à sa loge, où il devait passer la nuit selon la loi ; et il disait en marchant à peine[17] : « Quelle aventure pour un homme comme moi ! »

Les autres chevaliers s'acquittèrent mieux de leur devoir. Il y en eut qui vainquirent deux combattants de suite ; quelques-uns allèrent jusqu'à trois. Il n'y eut que le prince Otame qui en vainquit quatre. Enfin Zadig combattit à son tour : il désarçonna quatre cavaliers de suite avec toute la grâce possible. Il fallut donc voir qui serait vainqueur d'Otame ou de Zadig. Le premier portait des armes bleues et or, avec un panache de même ; celles de Zadig étaient blanches. Tous les vœux se partageaient entre le cavalier bleu et le cavalier blanc. La reine, à qui le cœur palpitait, faisait des prières au Ciel pour la couleur blanche.

Les deux champions firent des passes et des voltes[18] avec tant d'agilité, ils se donnèrent de si beaux coups de lance, ils étaient si fermes sur leurs arçons[19], que tout le monde, hors la reine[20], souhaitait qu'il y eût deux rois dans Babylone. Enfin, leurs chevaux étant lassés, et leurs lances rompues, Zadig usa de cette adresse : il passe derrière le prince bleu, s'élance sur la croupe de son cheval, le prend par le milieu du corps, le jette à terre, se met en selle à sa place et caracole autour d'Otame

16. Cris de réprobation.
17. Avec peine.
18. Mouvements circulaires.
19. Une des deux pièces qui forment la selle.
20. Sauf la reine.

étendu sur la place. Tout l'amphithéâtre crie : « Victoire au cavalier blanc ! » Otame, indigné, se relève, tire son épée ; Zadig saute de cheval, le sabre à la main. Les voilà tous deux sur l'arène, livrant un nouveau combat, où la force et l'agilité triomphent tour à tour. Les plumes de leur casque, les clous de leurs brassards, les mailles de leur armure sautent au loin sous mille coups précipités. Ils frappent de pointe et de taille, à droite, à gauche, sur la tête, sur la poitrine ; ils reculent, ils avancent, ils se mesurent, ils se rejoignent, ils se saisissent, ils se replient comme des serpents, ils s'attaquent comme des lions ; le feu jaillit à tout moment des coups qu'ils se portent. Enfin Zadig, ayant un moment repris ses esprits, s'arrête, fait une feinte, passe sur Otame, le fait tomber, le désarme, et Otame s'écrie : « Ô chevalier blanc ! c'est vous qui devez régner sur Babylone. » La reine était au comble de la joie. On reconduisit le chevalier bleu et le chevalier blanc chacun à sa loge, ainsi que tous les autres, selon ce qui était porté par la loi. Des muets vinrent les servir et leur apporter à manger. On peut juger si le petit muet de la reine ne fut pas celui qui servit Zadig. Ensuite on les laissa dormir seuls jusqu'au lendemain matin, temps où le vainqueur devait apporter sa devise au grand mage pour la confronter et se faire reconnaître.

Zadig dormit, quoique amoureux, tant il était fatigué. Itobad, qui était couché auprès de lui, ne dormit point. Il se leva pendant la nuit, entra dans la loge, prit les armes blanches de Zadig avec sa devise, et mit son armure verte à la place. Le point du jour étant venu, il alla fièrement au grand mage déclarer qu'un homme comme lui était vainqueur. On ne s'y attendait pas ; mais il fut proclamé pendant que Zadig dormait encore. Astarté, surprise et le désespoir dans le cœur, s'en retourna dans Babylone. Tout l'amphithéâtre était déjà presque vide lorsque Zadig s'éveilla ; il chercha ses armes, et ne trouva que cette armure verte. Il était obligé de s'en couvrir, n'ayant rien autre chose auprès de lui. Étonné et indigné, il les endosse avec fureur, il avance dans cet équipage[21].

Tout ce qui était encore sur l'amphithéâtre et dans le cirque le reçut avec des huées. On l'entourait; on lui insultait en face. Jamais homme n'essuya des mortifications[22] si humiliantes. La patience lui échappa; il écarta à coups de sabre la populace qui osait l'outrager; mais il ne savait quel parti prendre. Il ne pouvait voir la reine; il ne pouvait réclamer l'armure blanche qu'elle lui avait envoyée: c'eût été la compromettre; ainsi, tandis qu'elle était plongée dans la douleur, il était pénétré de fureur et d'inquiétude. Il se promenait sur les bords de l'Euphrate, persuadé que son étoile le destinait à être malheureux sans ressources, repassant dans son esprit toutes ses disgrâces, depuis l'aventure de la femme qui haïssait les borgnes jusqu'à celle de son armure. « Voilà ce que c'est, disait-il, de m'être éveillé trop tard; si j'avais moins dormi, je serais roi de Babylone, je posséderais Astarté. Les sciences, les mœurs, le courage, n'ont donc jamais servi qu'à mon infortune. » Il lui échappa enfin de murmurer contre la Providence, et il fut tenté de croire que tout était gouverné par une destinée cruelle qui opprimait les bons et qui faisait prospérer les chevaliers verts. Un de ses chagrins était de porter cette armure verte qui lui avait attiré tant de huées. Un marchand passa, il la lui vendit à vil[23] prix, et prit du marchand une robe et un bonnet long[24]. Dans cet équipage[25], il côtoyait l'Euphrate[26], rempli de désespoir, et accusant en secret la Providence, qui le persécutait toujours.

21. Dans cet habillement.
22. Vexations.
23. Bas.
24. La gandoura et la chéchia sont des costumes traditionnels des Orientaux.
25. Ces vêtements.
26. Marchait le long de l'Euphrate.

Questions

Repérer et analyser

Le conte oriental

1 À la fin du chapitre précédent, alors qu'il va être empoisonné, Zadig reçoit « un courrier de la belle Astarté » (l. 234-235). À votre avis, quel message contenait-il ? Aidez-vous du premier paragraphe du chapitre.

2 **a.** Dans quelle ville l'action de ce chapitre se déroule-t-elle ?
b. Zadig et Astarté peuvent-ils se voir ? Justifiez votre réponse.

3 Pour être mari d'Astarté et souverain de Babylone, quelles sont les deux qualités requises par les Babyloniens ? Citez le texte.

4 D'après le premier paragraphe, retracez les différentes épreuves auxquelles devront se livrer les prétendants.

Le parcours de Zadig

L'épreuve du tournoi

5 **a.** Qui est le premier combattant ? Relevez les termes qui le caractérisent.
b. Que lui arrive-t-il ? Était-ce prévisible ?

6 **a.** Qui sont les deux derniers combattants en lice et de quelles couleurs sont leurs armes respectives ?
b. De quelles qualités Zadig fait-il preuve durant ce combat ? Qui en est le vainqueur ?

7 **a.** Quel obstacle vient une nouvelle fois éloigner Zadig de l'objet de son amour ?
b. Pour quelle raison ?
c. Quelle est la réaction de Zadig devant ce nouveau coup du sort ?

Le rythme du récit

8 **a.** Le récit est au passé, cependant il comporte un passage au présent. Délimitez ce passage. Quel épisode du combat ce passage présente-t-il ?
b. Quelle est la valeur de ce présent ? Quel est l'effet produit ?

Une parodie de la chanson de geste

Voltaire imite, en s'en moquant, les récits chevaleresques du Moyen Âge dont le but était de célébrer un héros ou un grand fait. La geste, dans la littérature du Moyen Âge, est l'ensemble des poèmes qui relataient les exploits d'un héros. Les héros de la chanson de geste étaient les chevaliers, en guerre ou en tournoi. Ils obéissaient à un code d'honneur qui valorisait le courage et la vaillance. *La Chanson de Roland* appartient à ce genre de récit.

9 **a.** Qui sont les personnages valeureux dans ce chapitre ? Lequel incarne le traître ?
b. Pour quelle Dame combattent-ils ?
c. Dans quel cadre se déroulent les combats ?

La réflexion philosophique

La destinée

10 **a.** Quelle raison Zadig invoque-t-il pour expliquer le fait qu'il n'est pas roi de Babylone ?
b. À quelles catégories de personnes Zadig oppose-t-il « les bons » ?
c. Quel est l'effet produit par cette expression ?

11 **a.** En quoi la destinée s'est-elle montrée cruelle dans ce chapitre ?
b. Quel nouveau discours Zadig tient-il sur la destinée ? Quelle puissance, selon lui, se dissimule derrière tous ses maux ?
c. À ce moment du conte, Zadig pourrait-il supporter d'être encore le jouet du destin ?

La visée

12 Quelles sont les visées de ce chapitre ?

Écrire

Écrire une lettre

13 Imaginez une lettre qu'Astarté aurait pu écrire à Zadig. Relisez le premier paragraphe du chapitre : n'oubliez pas qu'il s'agit pour la reine d'avertir son amant des épreuves qui vont l'attendre dès son arrivée à Babylone. Vous devrez également adapter le registre de langue au personnage de la reine, à l'époque et au lieu précis (l'Orient).

Comparer

La Chanson de Roland

Dans cet extrait (laisse CIV, vers 1320-1337) de *La Chanson de Roland*, Roland, neveu de Charlemagne, et son compagnon Olivier se trouvent surpris par une attaque des Sarrasins…

Redoutable est la bataille, elle se fait générale.
Le Comte Roland ne se met pas à l'abri du danger,
frappe de l'épieu tant que la hampe[1] reste entière,
au quinzième coup, il l'a brisé et rompu ;
il met à nu Durendal, sa bonne épée,
il pique des deux[2], va frapper Chernuble[3] :
lui brise le heaume où brillent des escarboucles[4],
lui fend le crâne et la chevelure,
lui fend les yeux et le visage,
et le haubert qui brille, aux fines mailles[5],
et tout le corps jusqu'à l'enfourchure.
Et son épée traverse la selle incrustée d'or,
et elle s'arrête dans le corps du cheval,
lui tranche l'échine sans avoir à chercher la jointure,
les abat morts tous deux dans le pré sur l'herbe drue.
Puis il lui dit : « Vil truand, vous avez eu tort de venir ici.
De Mahomet vous n'aurez jamais d'aide.
Un lâche comme vous ne gagnera pas la bataille aujourd'hui. »

14 **a.** Relevez dans cette scène de combat ce qui appartient au domaine du merveilleux et ce qui, au contraire, est réaliste.
b. Qui est le héros ?

15 **a.** Dans le tournoi auquel participe Zadig, pouvez-vous également repérer cette alliance du merveilleux et du réalisme ?
b. Le héros est-il héroïque jusqu'au bout ?

1. Manche de l'épieu.
2. Donne de vifs coups d'éperon à son cheval.
3. Un des ennemis de Roland.
4. Casque orné de pierres précieuses.
5. Cotte de maille qui protège le haut du corps et se prolonge en coiffe sous le heaume.

Chapitre 18

L'Ermite

Il rencontra en marchant un ermite[1] dont la barbe blanche et vénérable[2] lui descendait jusqu'à la ceinture. Il tenait en main un livre qu'il lisait attentivement. Zadig s'arrêta, et lui fit une profonde inclination[3]. L'ermite le salua d'un air si noble et si doux que Zadig eut la curiosité de l'entretenir[4]. Il lui demanda quel livre il lisait. « C'est le livre des destinées, dit l'ermite; voulez-vous en lire quelque chose ? » Il mit le livre dans les mains de Zadig qui, tout instruit qu'il était dans plusieurs langues, ne put déchiffrer un seul caractère du livre. Cela redoubla encore sa curiosité. « Vous me paraissez bien chagrin, lui dit ce bon père. – Hélas ! que j'en ai sujet ![5] dit Zadig. – Si vous permettez que je vous accompagne, repartit le vieillard, peut-être vous serai-je utile : j'ai quelquefois répandu des sentiments de consolation dans l'âme des malheureux. » Zadig se sentit du respect pour l'air, pour la barbe et pour le livre de l'ermite. Il lui trouva dans la conversation des lumières supérieures. L'ermite parlait de la destinée, de la justice, de la morale, du souverain bien[6], de la faiblesse humaine, des vertus et des vices, avec une éloquence si vive et si touchante que Zadig se sentit entraîné vers lui par un charme[7] invincible. Il le pria avec instance de ne le point quitter jusqu'à ce qu'ils fussent de retour à Babylone. « Je vous demande moi-même cette grâce, lui dit le vieillard ; jurez-moi par Orosmade que vous ne vous séparerez point de moi d'ici à quelques jours, quelque chose que je fasse. » Zadig jura, et ils partirent ensemble.

1. Religieux qui vit retiré de la société.
2. Digne de respect.
3. Salut respectueux.
4. Lui parler.
5. Que j'ai de raisons d'avoir du chagrin !
6. Bien suprême.
7. Sortilège (sens fort).

Les deux voyageurs arrivèrent le soir à un château superbe. L'ermite demanda l'hospitalité pour lui et pour le jeune homme qui l'accompagnait. Le portier, qu'on aurait pris pour un grand seigneur, les introduisit avec une espèce de bonté dédaigneuse. On les présenta à un principal domestique, qui leur fit voir les appartements magnifiques du maître. Ils furent admis à sa table, au bas bout[8], sans que le seigneur du château les honorât d'un regard; mais ils furent servis comme les autres, avec délicatesse[9] et profusion. On leur donna ensuite à laver[10] dans un bassin d'or garni d'émeraudes et de rubis. On les mena coucher dans un bel appartement, et le lendemain matin un domestique leur apporta à chacun une pièce d'or, après quoi on les congédia[11].

« Le maître de la maison, dit Zadig en chemin, me paraît être un homme généreux, quoique un peu fier; il exerce noblement l'hospitalité. » En disant ces paroles, il aperçut qu'une espèce de poche très large que portait l'ermite paraissait tendue et gonflée : il y vit le bassin d'or garni de pierreries, que celui-ci avait volé. Il n'osa d'abord en rien témoigner[12]; mais il était dans une étrange surprise.

Vers le midi l'ermite se présenta à la porte d'une maison très petite où logeait un riche avare; il y demanda l'hospitalité pour quelques heures. Un vieux valet mal habillé le reçut d'un ton rude, et fit entrer l'ermite et Zadig dans l'écurie, où on leur donna quelques olives pourries, de mauvais pain et de la bière gâtée. L'ermite but et mangea d'un air aussi content que la veille; puis, s'adressant à ce vieux valet, qui les observait tous deux pour voir s'ils ne volaient rien et qui les pressait de partir, il lui donna les deux pièces d'or qu'il avait reçues le matin et le remercia de toutes ses attentions. « Je vous prie,

8. Au bout de la table.
9. Raffinement.
10. De quoi se laver.
11. On les invita à partir.
12. Il n'osa pas montrer sa surprise tout de suite.

ajouta-t-il, faites-moi parler à votre maître. » Le valet, étonné, introduisit les deux voyageurs : « Magnifique seigneur, dit l'ermite, je ne puis que vous rendre de très humbles grâces de la manière noble dont vous nous avez reçus : daignez accepter ce bassin d'or comme un faible gage de ma reconnaissance. » L'avare fut près de tomber à la renverse. L'ermite ne lui donna pas le temps de revenir de son saisissement[13] ; il partit au plus vite avec son jeune voyageur. « Mon père, lui dit Zadig, qu'est-ce que tout ce que je vois ? Vous ne me paraissez ressembler en rien aux autres hommes : vous volez un bassin d'or garni de pierreries à un seigneur qui vous reçoit magnifiquement, et vous le donnez à un avare qui vous traite avec indignité. – Mon fils, répondit le vieillard, cet homme magnifique[14], qui ne reçoit les étrangers que par vanité et pour faire admirer ses richesses, deviendra plus sage ; l'avare apprendra à exercer l'hospitalité : ne vous étonnez de rien, et suivez-moi. » Zadig ne savait encore s'il avait affaire au plus fou ou au plus sage de tous les hommes ; mais l'ermite parlait avec tant d'ascendant[15] que Zadig, lié d'ailleurs par son serment, ne put s'empêcher de le suivre.

Ils arrivèrent le soir à une maison agréablement bâtie, mais simple, où rien ne sentait ni la prodigalité[16] ni l'avarice. Le maître était un philosophe retiré du monde, qui cultivait en paix la sagesse et la vertu, et qui cependant ne s'ennuyait pas. Il s'était plu à bâtir cette retraite, dans laquelle il recevait les étrangers avec une noblesse qui n'avait rien de l'ostentation[17]. Il alla lui-même au-devant des deux voyageurs, qu'il fit reposer d'abord dans un appartement commode[18]. Quelque temps après, il les vint prendre lui-même pour les inviter à un repas propre et bien entendu[19], pendant lequel il

13. Étonnement.
14. Généreux.
15. Force de persuasion.
16. Dépense excessive.
17. Le fait de vouloir montrer ses richesses.
18. Confortable.
19. Convenable et équilibré.

parla avec discrétion des dernières révolutions de Babylone. Il parut sincèrement attaché à la reine, et souhaita que Zadig eût paru dans la lice pour disputer la couronne. « Mais les hommes, ajouta-t-il, ne méritent pas d'avoir un roi comme Zadig. » Celui-ci rougissait et sentait redoubler ses douleurs. On convint dans la conversation que les choses de ce monde n'allaient pas toujours au gré[20] des plus sages. L'ermite soutint toujours qu'on ne connaissait pas les voies de la Providence, et que les hommes avaient tort de juger d'un tout dont ils n'apercevaient que la plus petite partie.

On parla des passions. « Ah ! qu'elles sont funestes[21] ! disait Zadig. – Ce sont les vents qui enflent les voiles du vaisseau, repartit l'ermite ; elles le submergent quelquefois ; mais sans elles il ne pourrait voguer. La bile[22] rend colère[23] et malade ; mais sans la bile l'homme ne saurait vivre. Tout est dangereux ici-bas, et tout est nécessaire. »

On parla du plaisir, et l'ermite prouva que c'est un présent[24] de la Divinité : « Car, dit-il, l'homme ne peut se donner ni sensations ni idées, il reçoit tout ; la peine et le plaisir lui viennent d'ailleurs, comme son être. ».

Zadig admirait comment un homme qui avait fait des choses si extravagantes[25] pouvait raisonner si bien. Enfin, après un entretien aussi instructif qu'agréable, l'hôte reconduisit ses deux voyageurs dans leur appartement, en bénissant le Ciel qui lui avait envoyé deux hommes si sages et si vertueux. Il leur offrit de l'argent d'une manière aisée et noble qui ne pouvait déplaire. L'ermite le refusa, et lui dit qu'il prenait congé de lui, comptant partir pour Babylone avant le jour. Leur séparation fut tendre ; Zadig se sentait plein d'estime et d'inclination[26] pour un homme si aimable.

20. Selon la volonté.
21. Mortelles.
22. Liquide sécrété par le foie.
23. Rend colérique.
24. Un cadeau.
25. Bizarres.
26. Sympathie.

Quand l'ermite et lui furent dans leur appartement, ils firent longtemps l'éloge de leur hôte. Le vieillard au point du jour éveilla son camarade. « Il faut partir, dit-il; mais, tandis que tout le monde dort encore, je veux laisser à cet homme un témoignage de mon estime et de mon affection. » En disant ces mots, il prit un flambeau, et mit le feu à la maison. Zadig, épouvanté, jeta des cris, et voulut l'empêcher de commettre une action si affreuse. L'ermite l'entraînait par une force supérieure; la maison était enflammée. L'ermite, qui était déjà assez loin avec son compagnon, la regardait brûler tranquillement. « Dieu merci ! dit-il, voilà la maison de mon cher hôte détruite de fond en comble ! L'heureux homme ! » À ces mots Zadig fut tenté à la fois d'éclater de rire, de dire des injures au révérend père, de le battre, et de s'enfuir, mais il ne fit rien de tout cela, et, toujours subjugué[27] par l'ascendant de l'ermite, il le suivit malgré lui à la dernière couchée[28].

Ce fut chez une veuve charitable et vertueuse qui avait un neveu de quatorze ans, plein d'agréments[29] et son unique espérance. Elle fit du mieux qu'elle put les honneurs de sa maison. Le lendemain, elle ordonna à son neveu d'accompagner les voyageurs jusqu'à un pont qui, étant rompu depuis peu, était devenu un passage dangereux. Le jeune homme, empressé, marche au-devant d'eux. Quand ils furent sur le pont : « Venez, dit l'ermite au jeune homme, il faut que je marque ma reconnaissance à votre tante. » Il le prend alors par les cheveux et le jette dans la rivière. L'enfant tombe, reparaît un moment sur l'eau, et est engouffré dans le torrent. « Ô monstre ! ô le plus scélérat de tous les hommes ! s'écria Zadig. – Vous m'aviez promis plus de patience, lui dit l'ermite en l'interrompant : apprenez que, sous les ruines de cette maison où la Providence a mis le feu, le maître a trouvé un trésor immense; apprenez que ce jeune

| **27.** Sous le charme. | **28.** Étape. | **29.** Qualités.

homme, dont la Providence a tordu le cou, aurait assassiné sa tante dans un an, et vous dans deux. – Qui te l'a dit, barbare ? cria Zadig ; et quand tu aurais lu cet événement dans ton livre des destinées, t'est-il permis de noyer un enfant qui ne t'a point fait de mal ? »

Tandis que le Babylonien parlait, il aperçut que le vieillard n'avait plus de barbe, que son visage prenait les traits de la jeunesse. Son habit d'ermite disparut ; quatre belles ailes couvraient son corps majestueux et resplendissant de lumière. « Ô envoyé du Ciel ! ô mon ange divin ! s'écria Zadig en se prosternant, tu es donc descendu de l'empyrée[30] pour apprendre à un faible mortel à se soumettre aux ordres éternels ? – Les hommes, dit l'ange Jesrad[31], jugent de tout sans rien connaître : tu étais celui de tous les hommes qui méritait le plus d'être éclairé. » Zadig lui demanda la permission de parler. « Je me défie de moi-même, dit-il ; mais oserai-je te prier de m'éclaircir un doute : ne vaudrait-il pas mieux avoir corrigé cet enfant, et l'avoir rendu vertueux, que de le noyer ? »

Illustration pour *Zadig*, gravure de Moreau le Jeune, 1790, Paris, bibliothèque nationale.

30. Demeure des dieux.
31. Ange du Bien dans la religion de Zoroastre.

Jesrad reprit : « S'il avait été vertueux, et s'il eût vécu, son destin était d'être assassiné lui-même avec la femme qu'il devait épouser, et le fils qui en devait naître. – Mais quoi ! dit Zadig, il est donc nécessaire qu'il y ait des crimes et des malheurs, et les malheurs tombent sur les gens de bien ? – Les méchants, répondit Jesrad, sont toujours malheureux : ils servent à éprouver[32] un petit nombre de justes répandus sur la terre, et il n'y a point de mal dont il ne naisse un bien. – Mais, dit Zadig, s'il n'y avait que du bien, et point de mal ? – Alors, reprit Jesrad, cette terre serait une autre terre ; l'enchaînement des événements serait un autre ordre de sagesse ; et cet autre ordre, qui serait parfait, ne peut être que dans la demeure éternelle de l'Être suprême, de qui le mal ne peut approcher. Il a créé des millions de mondes dont aucun ne peut ressembler à l'autre. Cette immense variété est un attribut de sa puissance immense. Il n'y a ni deux feuilles d'arbre sur la terre, ni deux globes dans les champs infinis du ciel, qui soient semblables ; et tout ce que tu vois sur le petit atome où tu es né devait être dans sa place et dans son temps fixe, selon les ordres immuables[33] de celui qui embrasse tout[34]. Les hommes pensent que cet enfant qui vient de périr est tombé dans l'eau par hasard, que c'est par un même hasard que cette maison est brûlée ; mais il n'y a point de hasard ; tout est épreuve, ou punition, ou récompense, ou prévoyance. Souviens-toi de ce pêcheur qui se croyait le plus malheureux de tous les hommes. Orosmade t'a envoyé pour changer sa destinée. Faible mortel, cesse de disputer[35] contre ce qu'il faut adorer. – Mais, dit Zadig… » Comme il disait mais, l'ange prenait déjà son vol vers la dixième sphère[36]. Zadig, à genoux, adora la Providence, et se soumit. L'ange lui cria du haut des airs : « Prends ton chemin vers Babylone. »

32. Mettre à l'épreuve.
33. Qui ne changent pas.
34. Puissance divine qui ordonne le monde.
35. Discuter.
36. La plus haute et la dernière des sphères qui composent l'univers.

Repérer et analyser

Le cadre

1 Relevez les indications de lieux : dans quel pays et dans quels lieux précis les différentes actions du chapitre se déroulent-elles ?

Le parcours de Zadig

2 **a.** Quel personnage Zadig rencontre-t-il ? Relevez les expressions qui le caractérisent. Sera-t-il un adjuvant ou un opposant ?
b. Comment l'ermite répond-il au désarroi de Zadig ?

3 Récapitulez les différentes étapes du périple de l'ermite et de Zadig dans ce chapitre. Remplissez le tableau suivant en vous référant précisément au texte.

	Chez qui ?	Quel accueil reçoivent-ils ?	Que fait l'ermite ?
La première nuit			
Le lendemain à midi			
La deuxième nuit			
La troisième nuit			

4 À la fin du chapitre, quel ordre l'ermite donne-t-il à Zadig ? À votre avis, pourquoi lui donne-t-il cet ordre ?

Le conte oriental

L'intervention du merveilleux

5 En quoi ce chapitre fait-il appel au merveilleux ?

La réflexion philosophique

Le thème de la Destinée et le problème du mal

6 **a.** Quel est le titre du livre que tient l'ermite ?
b. Pourquoi, selon vous, Zadig ne peut-il pas lire ce livre ?

7 **a.** Les actes effectués par l'ermite à chacun de ses départs vous semblent-ils en apparence logiques ?

b. Pour quelles raisons l'ermite en définitive vole-t-il le seigneur, offre-t-il à l'avare le fruit de son vol, met-il le feu à la maison du philosophe et jette-t-il le neveu de la veuve dans la rivière ?

8 Quel enseignement cherche-t-il à donner à Zadig ? Dites :
- comment il justifie la présence du mal (citez une expression précise) ;
- qui est, selon lui, à l'origine du monde et commande tout ;
- quelle attitude, selon lui, les hommes doivent adopter.

9 Quelle conjonction de coordination introduit quatre fois chacune des réponses de Zadig à l'ange ? Quel est l'effet produit ? Zadig vous semble-t-il convaincu ? Se soumet-il ? Justifiez vos réponses.

10 **a.** En quoi consiste la supériorité de Jesrad sur Zadig ?
b. Quelle puissance Jesrad représente-t-il en définitive ?

La visée

Voltaire pense que le monde est globalement ordonné par la puissance divine (la Providence).

11 Selon Voltaire, l'homme peut-il expliquer l'univers et la cause des événements ? Que lui reste-t-il à faire ? L'homme peut-il croire que le bonheur est possible ?

Écrire

Raconter un événement

12 Vous avez vécu un événement qui vous a paru être l'effet du destin et non du hasard. Racontez…

Chapitre 19

Les Énigmes

Zadig, hors de lui-même et comme un homme auprès de qui est tombé le tonnerre, marchait au hasard. Il entra dans Babylone le jour où ceux qui avaient combattu dans la lice étaient déjà assemblés dans le grand vestibule du palais pour expliquer les énigmes, et pour répondre aux questions du grand mage. Tous les chevaliers étaient arrivés, excepté l'armure verte. Dès que Zadig parut dans la ville, le peuple s'assembla autour de lui; les yeux ne se rassasiaient point de le voir, les bouches de le bénir, les cœurs de lui souhaiter l'empire. L'envieux le vit passer, frémit, et se détourna; le peuple le porta jusqu'au lieu de l'assemblée. La reine, à qui on apprit son arrivée, fut en proie à l'agitation de la crainte et de l'espérance; l'inquiétude la dévorait: elle ne pouvait comprendre ni pourquoi Zadig était sans armes, ni comment Itobad portait l'armure blanche. Un murmure confus s'éleva à la vue de Zadig. On était surpris et charmé de le revoir; mais il n'était permis qu'aux chevaliers qui avaient combattu de paraître dans l'assemblée.

« J'ai combattu comme un autre, dit-il; mais un autre porte ici mes armes; et, en attendant que j'aie l'honneur de le prouver, je demande la permission de me présenter pour expliquer les énigmes. » On alla aux voix[1] : sa réputation de probité[2] était encore si fortement imprimée dans les esprits qu'on ne balança pas[3] à l'admettre.

Le grand mage proposa d'abord cette question:

« Quelle est de toutes les choses du monde la plus longue et la plus courte, la plus prompte et la plus lente, la plus divisible

1. On vota. | 2. Honnêteté. | 3. On n'hésita pas.

et la plus étendue, la plus négligée et la plus regrettée, sans qui rien ne peut se faire, qui dévore tout ce qui est petit, et qui vivifie tout ce qui est grand ? »

C'était à Itobad à parler. Il répondit qu'un homme comme lui n'entendait rien aux énigmes, et qu'il suffisait d'avoir vaincu à grands coups de lance. Les uns dirent que le mot de l'énigme était la fortune, d'autres la terre, d'autres la lumière. Zadig dit que c'était le temps. « Rien n'est plus long, ajouta-t-il, puisqu'il est la mesure de l'éternité ; rien n'est plus court, puisqu'il manque à tous nos projets ; rien n'est plus lent pour qui attend ; rien de plus rapide pour qui jouit ; il s'étend jusqu'à l'infini en grand ; il se divise jusque dans l'infini en petit ; tous les hommes le négligent, tous en regrettent la perte ; rien ne se fait sans lui ; il fait oublier tout ce qui est indigne de la postérité[4], et il immortalise les grandes choses. » L'assemblée convint que Zadig avait raison.

On demanda ensuite : « Quelle est la chose qu'on reçoit sans remercier, dont on jouit sans savoir comment, qu'on donne aux autres quand on ne sait où l'on en est, et qu'on perd sans s'en apercevoir ? »

Chacun dit son mot. Zadig devina seul que c'était la vie. Il expliqua toutes les autres énigmes avec la même facilité. Itobad disait toujours que rien n'était plus aisé[5], et qu'il en serait venu à bout tout aussi facilement s'il avait voulu s'en donner la peine. On proposa des questions sur la justice, sur le souverain bien, sur l'art de régner. Les réponses de Zadig furent jugées les plus solides. « C'est bien dommage, disait-on, qu'un si bon esprit soit un si mauvais cavalier.

– Illustres seigneurs, dit Zadig, j'ai eu l'honneur de vaincre dans la lice. C'est à moi qu'appartient l'armure blanche. Le seigneur Itobad s'en empara pendant mon sommeil : il jugea

4. Générations à venir.

5. Facile.

apparemment qu'elle lui siérait mieux[6] que la verte. Je suis prêt de lui prouver d'abord devant vous, avec ma robe et mon épée, contre toute cette belle armure blanche qu'il m'a prise, que c'est moi qui ai eu l'honneur de vaincre le brave Otame. ».

Itobad accepta le défi avec la plus grande confiance. Il ne doutait pas qu'étant casqué, cuirassé, brassardé, il ne vînt aisément à bout d'un champion en bonnet de nuit et en robe de chambre. Zadig tira son épée en saluant la reine, qui le regardait, pénétrée[7] de joie et de crainte. Itobad tira la sienne, en ne saluant personne. Il s'avança sur Zadig comme un homme qui n'avait rien à craindre. Il était prêt à lui fendre la tête. Zadig sut parer le coup, en opposant ce qu'on appelle le fort de l'épée[8] au faible de son adversaire, de façon que l'épée d'ltobad se rompit. Alors Zadig, saisissant son ennemi au corps, le renversa par terre ; et, lui portant la pointe de son épée au défaut de la cuirasse[9] : « Laissez-vous désarmer, dit-il, ou je vous tue. » Itobad, toujours surpris des disgrâces qui arrivaient à un homme comme lui, laissa faire Zadig, qui lui ôta paisiblement son magnifique casque, sa superbe cuirasse, ses beaux brassards, ses brillants cuissards, s'en revêtit, et courut, dans cet équipage[10], se jeter aux genoux d'Astarté. Cador prouva aisément que l'armure appartenait à Zadig. Il fut reconnut roi d'un consentement unanime, et surtout de celui d'Astarté, qui goûtait, après tant d'adversités, la douceur de voir son amant digne aux yeux de l'univers d'être son époux. Itobad alla se faire appeler monseigneur dans sa maison. Zadig fut roi, et fut heureux. Il avait présent à l'esprit ce que lui avait dit l'ange Jesrad. Il se souvenait même du grain de sable devenu diamant. La reine et lui adorèrent la Providence. Zadig laissa

6. Qu'elle lui conviendrait mieux.
7. Remplie.
8. Partie la plus épaisse, proche de la poignée ; le faible est la partie proche de l'extrémité.
9. À la jointure entre deux parties de l'armure, donc à un endroit vulnérable.
10. Dans cet habillement.

la belle capricieuse Missouf courir le monde. Il envoya chercher le brigand Arbogad, auquel il donna un grade honorable dans son armée, avec promesse de l'avancer aux premières dignités s'il se comportait en vrai guerrier, et de le faire pendre s'il faisait le métier de brigand.

Sétoc fut appelé du fond de l'Arabie, avec la belle Almona, pour être à la tête du commerce de Babylone. Cador fut placé et chéri selon ses services ; il fut l'ami du roi, et le roi fut alors le seul monarque de la terre qui eût un ami. Le petit muet ne fut pas oublié. On donna une belle maison au pêcheur. Orcan fut condamné à lui payer une grosse somme et à lui rendre sa femme ; mais le pêcheur, devenu sage, ne prit que l'argent.

Ni la belle Sémire ne se consolait d'avoir cru que Zadig serait borgne, ni Azora ne cessait de pleurer d'avoir voulu lui couper le nez. Il adoucit leurs douleurs par des présents. L'envieux mourut de rage et de honte. L'empire jouit de la paix, de la gloire et de l'abondance ; ce fut le plus beau siècle de la terre : elle était gouvernée par la justice et par l'amour. On bénissait Zadig, et Zadig bénissait le Ciel.

Repérer et analyser

Le cadre et les énigmes

1 **a.** En quoi ce chapitre constitue-t-il une suite au chapitre 17 ?
b. Dans quelle ville la fin du conte se déroule-t-elle ?

2 Quels personnages doivent répondre à des énigmes ? Quel est l'enjeu de ces énigmes ?

3 Relisez les énigmes proposées. Sur quel principe fonctionnent-elles et pour quelles raisons est-il difficile d'y répondre ? Pour cela, vous vous interrogerez notamment sur :
– les jeux d'opposition entre les adjectifs utilisés dans la première énigme : par quelle conjonction de coordination sont-ils reliés ?
– les jeux sur les sens des mots dans la seconde énigme.

4 En quoi peut-on dire que ces énigmes résument la vie menée par Zadig depuis le début du conte ?

Le parcours de Zadig

5 D'où Zadig vient-il ? Rappelez pourquoi il est « en bonnet de nuit et en robe de chambre » (l. 65-66). Quel est l'effet produit ?

6 De quelles qualités fait-il preuve dans ce chapitre ?

7 Son périple à travers le conte a-t-il porté ses fruits ? Pour répondre :
– dites quels sont les personnages qu'il retrouve ; comment se comporte Zadig envers eux ?
– dites quels sont ceux qui disparaissent ; qui les fait disparaître ?

8 À votre avis, Zadig a-t-il atteint la sagesse ?

La réflexion philosophique

La parodie d'un conte de fée

9 Relisez les dernières lignes du chapitre : quels éléments vous paraissent parodier le conte de fée traditionnel ?

10 Croyez-vous à cette fin heureuse où les bons sont récompensés à leur juste valeur et les mauvais punis ?

La destinée

11 En quoi, à travers l'attitude finale d'Astarté et de Zadig, peut-on dire que l'enseignement de l'ange a porté ses fruits ? Pour répondre :

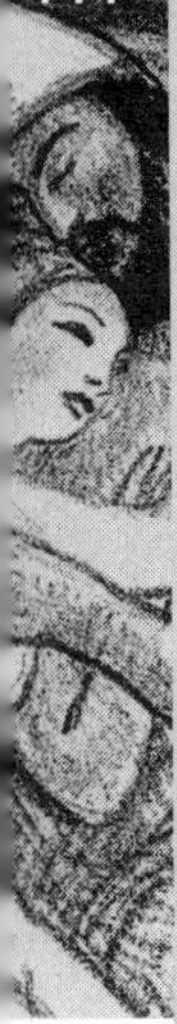

– relisez les paroles de l'ange dans le dernier paragraphe du chapitre 18 ;
– dites en quoi Zadig et Astarté appliquent les conseils de l'ange à la fin du chapitre.

La politique

12 De quelles qualités Zadig fait-il preuve dans sa façon de gouverner ? En quoi l'action des hommes peut-elle aider celle de la Providence ?

La visée

13 En quoi ce chapitre illustre-t-il les idées de Voltaire ?

Se documenter

Le mythe d'Œdipe

Œdipe, personnage de la mythologie grecque, fut abandonné par ses parents à sa naissance car un oracle avait prédit à son père Laïos, roi de Thèbes, que le futur Œdipe tuerait son père et épouserait sa mère. Mais au lieu de mourir, l'enfant fut recueilli par un berger puis offert au roi de Corinthe. Devenu adulte, Œdipe part. Sur son chemin, il se dispute avec un homme qu'il tue : c'est Laïos, son père. Puis il arrive dans la ville de Thèbes, sans savoir qu'il revient là où il est né. À cette époque, Thèbes est la proie d'un sphinx terrible qui tue tous les jeunes gens de la région. Pour vaincre le sphinx, il faut pouvoir répondre à l'énigme qu'il pose. Œdipe va trouver le sphinx et répond à l'énigme. Thèbes est libérée du terrible monstre et, pour récompenser Œdipe, lui offre le trône et la main de la reine : c'est Jocaste, sa mère. Ainsi, la prévision de l'oracle s'est-elle réalisée.

Œdipe a quatre enfants de Jocaste : Antigone, Ismène, Etéocle et Polynice. Lorsqu'il apprend, par hasard, qu'il est le meurtrier de son père et l'époux de sa mère, il se crève les yeux ; Jocaste, elle, se pend.

Plusieurs écrivains, depuis l'Antiquité jusqu'à nos jours ont raconté l'histoire d'Œdipe : *Œdipe Roi* de Sophocle (430 avant J.-C.), *Les Phéniciennes* d'Euripide (410 avant J.-C.), *Œdipe* de Sénèque (Ier siècle après J.-C.), de Corneille (1659), de Voltaire (1718), d'André Gide (1930),

La Machine infernale de Jean Cocteau (1934) et plus récemment *À la grecque* de Steven Berkoff (1990).
Voici l'énigme que le sphinx pose à Œdipe dans *La Machine infernale* de Jean Cocteau.

LE SPHINX
Je l'interrogerai… je l'interrogerai… C'est bon. (Avec un dernier regard de surprise vers Anubis.) Quel est l'animal qui marche sur quatre pattes le matin, sur deux pattes à midi, sur trois pattes le soir ?

ŒDIPE
L'homme parbleu ! qui se traîne à quatre pattes lorsqu'il est petit, qui marche sur deux pattes lorsqu'il est grand et qui, lorsqu'il est vieux, s'aide avec la troisième patte d'un bâton.
(Le Sphinx roule sur le socle).

Jean Cocteau, *La Machine infernale*, acte II, Éd. Grasset, 1986.

J. A. D. Ingres (1780-1867), *Œdipe et le Sphinx*, 1808, Paris, Musée du Louvre.

Appendice

La Danse – Les Yeux bleus

Ces deux chapitres ont été publiés pour la première fois après la mort de Voltaire ; ils étaient numérotés 14 et 15.

La Danse

Sétoc devait aller, pour les affaires de son commerce, dans l'île de Serendib[1] ; mais le premier mois de son mariage, qui est, comme on sait, la lune de miel, ne lui permettait ni de quitter sa femme, ni de croire qu'il pût jamais la quitter : il pria son ami Zadig de faire pour lui le voyage. « Hélas ! disait Zadig, faut-il que je mette encore un plus vaste espace entre la belle Astarté et moi ? Mais il faut servir mes bienfaiteurs. » Il dit, il pleura et il partit.

Il ne fut pas longtemps dans l'île de Serendib sans y être regardé comme un homme extraordinaire. Il devint l'arbitre de tous les différends entre les négociants, l'ami des sages, le conseil du petit nombre de gens qui prennent conseil. Le roi voulut le voir et l'entendre. Il connut bientôt tout ce que valait Zadig ; il eut confiance en sa sagesse, et en fit son ami. La familiarité et l'estime du roi fit trembler Zadig. Il était nuit et jour pénétré du malheur que lui avaient attiré les bontés de Moabdar. « Je plais au roi, disait-il ; ne serai-je pas perdu ? » Cependant il ne pouvait se dérober aux caresses de Sa Majesté : car il faut avouer que Nabussan, roi de Serendib, fils de Nussanab, fils de Nabassun, fils de Sanbusna, était un des meilleurs princes de l'Asie, et que, quand on lui parlait, il était difficile de ne le pas aimer.

1. Île des contes orientaux, autrefois assimilée à Ceylan (voir la carte p. 16-17).

Ce bon prince était toujours loué, trompé et volé ; c'était à qui pillerait ses trésors. Le receveur général de l'île de Serendib donnait toujours cet exemple, fidèlement suivi par les autres. Le roi le savait : il avait changé de trésorier plusieurs fois ; mais il n'avait pu changer la mode établie de partager les revenus du roi en deux moitiés inégales, dont la plus petite revenait toujours à Sa Majesté, et la plus grosse aux administrateurs.

Le roi Nabussan confia sa peine au sage Zadig. « Vous qui savez tant de belles choses, lui dit-il, ne sauriez-vous point le moyen de me faire trouver un trésorier qui ne me vole point ? – Assurément, répondit Zadig, je sais une façon infaillible de vous donner un homme qui ait les mains nettes. » Le roi, charmé, lui demanda en l'embrassant comment il fallait s'y prendre. « Il n'y a, dit Zadig, qu'à faire danser tous ceux qui se présenteront pour la dignité de trésorier, et celui qui dansera avec le plus de légèreté sera infailliblement le plus honnête homme. – Vous vous moquez, dit le roi ; voilà une plaisante façon de choisir un receveur de mes finances. Quoi ! vous prétendez que celui qui fera le mieux un entrechat[2] sera le financier le plus intègre et le plus habile ? – Je ne vous réponds pas[3] qu'il sera le plus habile, repartit Zadig ; mais je vous assure que ce sera indubitablement[4] le plus honnête homme. » Zadig parlait avec tant de confiance que le roi crut qu'il avait quelque secret surnaturel pour connaître les financiers. « Je n'aime pas le surnaturel, dit Zadig ; les gens et les livres à prodiges m'ont toujours déplu : si Votre Majesté veut me laisser faire l'épreuve que je lui propose, elle sera bien convaincue que mon secret est la chose la plus simple et la plus aisée. » Nabussan, roi de Serendib, fut bien plus étonné d'entendre que ce secret était simple que si on le lui avait donné pour un miracle. « Or bien,

2. Saut léger avec battement de pieds.
3. Je ne vous garantis pas.
4. Sans aucun doute.

dit-il, faites comme vous l'entendrez. – Laissez-moi faire, dit Zadig, vous gagnerez à cette épreuve plus que vous ne pensez. » Le jour même il fit publier, au nom du roi, que tous ceux qui prétendaient à l'emploi de haut receveur des deniers de Sa Gracieuse Majesté Nabussan, fils de Nussanab, eussent à se rendre, en habits de soie légère, le premier de la lune du crocodile[5], dans l'antichambre du roi. Ils s'y rendirent au nombre de soixante et quatre. On avait fait venir des violons[6] dans un salon voisin ; tout était préparé pour le bal ; mais la porte de ce salon était fermée, et il fallait, pour y entrer, passer par une petite galerie assez obscure. Un huissier vint chercher et introduire chaque candidat, l'un après l'autre, par ce passage dans lequel on le laissait seul quelques minutes. Le roi, qui avait le mot[7], avait étalé tous ses trésors dans cette galerie. Lorsque tous les prétendants furent arrivés dans le salon, Sa Majesté ordonna qu'on les fît danser. Jamais on ne dansa plus pesamment[8] et avec moins de grâce. Ils avaient tous la tête baissée, les reins courbés, les mains collées à leurs côtés. « Quels fripons ! » disait tout bas Zadig. Un seul d'entre eux formait des pas avec agilité, la tête haute, le regard assuré, les bras étendus, le corps droit, le jarret ferme. « Ah ! l'honnête homme ! le brave homme ! » disait Zadig. Le roi embrassa ce bon danseur, le déclara trésorier, et tous les autres furent punis et taxés[9] avec la plus grande justice du monde : car chacun, dans le temps qu'il avait été dans la galerie, avait rempli ses poches et pouvait à peine marcher. Le roi fut fâché pour la nature humaine que de ces soixante et quatre danseurs il y eût soixante et trois filous. La galerie obscure fut appelée le corridor de la tentation. On aurait, en Perse, empalé ces soixante et trois seigneurs ; en d'autres pays, on eût fait une chambre de justice

5. Comme au chapitre 3, ces animaux appartiennent au zodiaque chinois.
6. Joueurs de violons.
7. Qui était dans le secret.
8. Avec lourdeur.
9. Frappés d'une amende.

N. Lancret (1690-1743),
***La danse dans un pavillon*,**
Potsdam, Château de Sans-Souci.

qui eût consommé en frais le triple de l'argent volé, et qui n'eût rien remis dans les coffres du souverain ; dans un autre royaume, ils se seraient pleinement justifiés, et auraient fait disgracier ce danseur si léger : à Serendib, ils ne furent condamnés qu'à augmenter le trésor public, car Nabussan était fort indulgent.

Il était aussi fort reconnaissant ; il donna à Zadig une somme d'argent plus considérable qu'aucun trésorier n'en avait jamais volé au roi son maître. Zadig s'en servit pour envoyer des exprès[10] à Babylone, qui devaient l'informer de la destinée d'Astarté. Sa voix trembla en donnant cet ordre, son sang reflua vers son cœur, ses yeux se couvrirent de ténèbres, son âme fut prête à l'abandonner. Le courrier partit, Zadig le vit embarquer ; il rentra chez le roi, ne voyant personne, croyant être dans la chambre, et prononçant le nom d'amour. « Ah ! l'amour, dit le roi, est précisément ce dont il s'agit ; vous avez deviné ce qui fait ma peine. Que vous êtes un grand homme ! J'espère que vous m'apprendrez à connaître une femme à toute épreuve, comme vous m'avez fait trouver un trésorier désintéressé. » Zadig, ayant repris ses sens, lui promit de le servir en amour comme en finance, quoique la chose parût plus difficile encore.

Les Yeux bleus

« Le corps et le cœur », dit le roi à Zadig… À ces mots, le Babylonien ne put s'empêcher d'interrompre Sa Majesté. « Que je vous sais bon gré, dit-il, de n'avoir point dit l'esprit et le cœur ! car on n'entend que ces mots dans les conversations de Babylone ; on ne voit que des livres où il est question du cœur et de l'esprit composés par des gens qui n'ont ni de l'un ni de l'autre ; mais, de grâce, Sire, poursuivez. » Nabussan continua ainsi : « Le corps et le cœur sont chez moi destinés à aimer ; la première de ces deux puissances a tout lieu d'être satisfaite. J'ai ici cent femmes à mon service, toutes belles, complaisantes, prévenantes, voluptueuses même, ou feignant de l'être avec moi. Mon cœur n'est pas à beaucoup près si heureux. Je n'ai que trop éprouvé qu'on caresse beaucoup le roi de Serendib, et qu'on se soucie fort peu de Nabussan. Ce n'est pas que je

10. Messagers.

croie mes femmes infidèles; mais je voudrais trouver une âme qui fût à moi; je donnerais pour un pareil trésor les cent beautés dont je possède les charmes: voyez si, sur ces cent sultanes, vous pouvez m'en trouver une dont je sois sûr d'être aimé. »

Zadig lui répondit comme il avait fait sur l'article des[11] financiers: « Sire, laissez-moi faire; mais permettez d'abord que je dispose de ce que vous aviez étalé dans la galerie de la tentation; je vous en rendrai bon compte et vous n'y perdrez rien. » Le roi le laissa le maître absolu. Il choisit dans Serendib trente-trois petits bossus des plus vilains qu'il put trouver, trente-trois pages des plus beaux, et trente-trois bonzes[12] des plus éloquents et des plus robustes. Il leur laissa à tous la liberté d'entrer dans les cellules des sultanes; chaque petit bossu eut quatre mille pièces d'or à donner, et dès le premier jour tous les bossus furent heureux. Les pages, qui n'avaient rien à donner qu'eux-mêmes, ne triomphèrent qu'au bout de deux ou trois jours. Les bonzes eurent un peu plus de peine; mais enfin trente-trois dévotes se rendirent à eux. Le roi, par des jalousies[13] qui avaient vue sur toutes les cellules, vit toutes ces épreuves, et fut émerveillé. De ses cent femmes, quatre-vingt-dix-neuf succombèrent à ses yeux.

Il en restait une toute jeune, toute neuve, de qui Sa Majesté n'avait jamais approché. On lui détacha un, deux, trois bossus, qui lui offrirent jusqu'à vingt mille pièces; elle fut incorruptible, et ne put s'empêcher de rire de l'idée qu'avaient ces bossus de croire que de l'argent les rendrait mieux faits. On lui présenta les deux plus beaux pages; elle dit qu'elle trouvait le roi encore plus beau. On lui lâcha le plus éloquent des bonzes, et ensuite le plus intrépide; elle trouva le premier un bavard, et ne daigna pas même soupçonner le mérite du second. « Le cœur fait tout, disait-elle; je ne céderai jamais

11. Au sujet des.
12. Prêtres bouddhistes.
13. Volets permettant de voir sans être vu.

ni à l'or d'un bossu, ni aux grâces d'un jeune homme, ni aux séductions d'un bonze ; j'aimerai uniquement Nabussan fils de Nussanab, et j'attendrai qu'il daigne m'aimer. » Le roi fut transporté de joie, d'étonnement et de tendresse. Il reprit tout l'argent qui avait fait réussir les bossus, et en fit présent à la belle Falide ; c'était le nom de cette jeune personne. Il lui donna son cœur : elle le méritait bien. Jamais la fleur de la jeunesse ne fut si brillante ; jamais les charmes de la beauté ne furent si enchanteurs. La vérité de l'histoire ne permet pas de taire qu'elle faisait mal la révérence ; mais elle dansait comme les fées, chantait comme les sirènes et parlait comme les Grâces[14] : elle était pleine de talents et de vertus.

Nabussan, aimé, l'adora ; mais elle avait les yeux bleus, et ce fut la source des plus grands malheurs. Il y avait une ancienne loi qui défendait aux rois d'aimer une de ces femmes que les Grecs ont appelées depuis boopies[15]. Le chef des bonzes avait établi cette loi il y avait plus de cinq mille ans ; c'était pour s'approprier la maîtresse du premier roi de l'île de Serendib que ce premier bonze avait fait passer l'anathème[16] des yeux bleus en constitution fondamentale d'État. Tous les ordres de l'Empire vinrent faire à Nabussan des remontrances[17]. On disait publiquement que les derniers jours du royaume étaient arrivés, que l'abomination[18] était à son comble, que toute la nature était menacée d'un événement sinistre ; qu'en un mot Nabussan fils de Nussanab aimait deux grands yeux bleus. Les bossus, les financiers, les bonzes et les brunes remplirent le royaume de leurs plaintes.

Les peuples sauvages qui habitent le nord de Serendib profitèrent de ce mécontentement général. Ils firent une irruption dans les États du bon Nabussan. Il demanda des subsides[19]

14. Divinités grecques symbolisant la beauté.
15. Aux grands yeux.
16. Condamnation totale.
17. Reproches.
18. Horreur.
19. Sommes d'argent.

à ses sujets ; les bonzes, qui possédaient la moitié des revenus de l'État, se contentèrent de lever les mains au ciel, et refusèrent de les mettre dans leurs coffres pour aider le roi. Ils firent de belles prières en musique, et laissèrent l'État en proie aux barbares.

« Ô mon cher Zadig, me tireras-tu encore de cet horrible embarras ? s'écria douloureusement Nabussan. – Très volontiers, répondit Zadig ; vous aurez de l'argent des bonzes tant que vous en voudrez. Laissez à l'abandon les terres où sont situés leurs châteaux, et défendez seulement les vôtres. » Nabussan n'y manqua pas : les bonzes vinrent se jeter aux pieds du roi et implorer son assistance. Le roi leur répondit par une belle musique dont les paroles étaient des prières au Ciel pour la conservation de leurs terres. Les bonzes enfin donnèrent de l'argent, et le roi finit heureusement la guerre. Ainsi Zadig, par ses conseils sages et heureux, et par les plus grands services, s'était attiré l'irréconciliable inimitié des hommes les plus puissants de l'État : les bonzes et les brunes jurèrent sa perte ; les financiers et les bossus ne l'épargnèrent pas ; on le rendit suspect au bon Nabussan. Les services rendus restent souvent dans l'antichambre, et les soupçons entrent dans le cabinet, selon la sentence de Zoroastre : c'était tous les jours de nouvelles accusations ; la première est repoussée, la seconde effleure, la troisième blesse, la quatrième tue.

Zadig intimidé, qui avait bien fait les affaires de son ami Sétoc et qui lui avait fait tenir son argent, ne songea plus qu'à partir de l'île, et résolut d'aller lui-même chercher des nouvelles d'Astarté. « Car, disait-il, si je reste dans Serendib, les bonzes me feront empaler ; mais où aller ? Je serai esclave en Égypte, brûlé, selon toutes les apparences, en Arabie, étranglé à Babylone. Cependant il faut savoir ce qu'Astarté est devenue : partons, et voyons à quoi me réserve ma triste destinée. »

Questions

Repérer et analyser

Le conte oriental

1 Relevez les indications de lieux. Où l'action se déroule-t-elle dans ces deux chapitres ?

2 **a.** Relevez les mots et expressions qui se réfèrent à l'Orient (noms de lieux, de personnages, calendrier…).

b. Une anagramme

> Une anagramme est un mot obtenu par transposition de lettres d'un autre mot ; ainsi, en déplaçant les lettres du prénom « Marie », on obtient le verbe « aimer », qui est une anagramme de « Marie ».

Relevez dans le second paragraphe du chapitre « La Danse » une énumération comique formée sur des anagrammes.

3 Où ces chapitres auraient-ils dû trouver place s'ils n'avaient été mis en appendice ?

Le parcours de Zadig

4 Pour quelle raison Zadig se rend-il à Serendib ?

5 Quels différents problèmes Zadig va-t-il devoir résoudre ?

6 **a.** Quels pièges met-il en place ? Les pièges fonctionnent-ils ?

b. Dans le chapitre « La Danse », relevez les mots et expressions qui caractérisent les danseurs voleurs et le danseur honnête.

7 Dans le chapitre « Les Yeux bleus », en quoi la belle Falide s'oppose-t-elle aux autres femmes ? Quel est son idéal ?

8 Quelles sont les qualités dont Zadig fait preuve dans ce chapitre ?

9 Pour quelles raisons, à la fin de ces deux chapitres, Zadig cherche-t-il à partir au plus vite de Serendib ?

Le mode de narration

10 Relisez le chapitre « La Danse ».

a. Par quel procédé la curiosité du lecteur est-elle entretenue ? Pour répondre, appuyez-vous sur la partie dialoguée et montrez que le lecteur est dans la même situation que le roi.

b. À quel moment le narrateur révèle-t-il au lecteur ce qui s'est passé ?

La réflexion philosophique

La satire

11 Relisez le chapitre « La Danse ».

a. Retrouvez des exemples propres aux coutumes françaises dans le passage qui évoque le moment de la danse.

b. Relevez dans la phrase « Ce bon prince était toujours loué, trompé et volé ; c'était à qui pillerait ses trésors » (l. 23-24), les termes qui sont en contradiction. Quelle image des courtisans se dégage de ce passage ?

c. Selon le narrateur, quelle proportion de « filous » existe-t-il chez les trésoriers ?

d. En quoi ce chapitre présente-t-il la satire du monde de la cour et des financiers ?

e. Dans la phrase depuis « On aurait, en Perse… » (l. 81) à « car Nabussan était fort indulgent » (l. 88), quelle critique Voltaire formule-t-il contre la chambre de justice ?

12 Relisez le chapitre « Les Yeux bleus ».

a. Quelle critique Voltaire émet-il sur la naissance d'une loi ? Quelles sont en fait les véritables raisons de la loi interdisant d'aimer une femme aux yeux bleus ?

b. Quelle image est donnée des femmes ?

13 Dans ces deux chapitres, Voltaire a-t-il une vision pessimiste ou optimiste de la nature humaine ?

La visée

14 Quelles sont les différentes visées de ces deux chapitres ?

Débattre

La place accordée à l'argent

15 Dans le chapitre « La Danse », Voltaire émet une critique contre ceux qui n'ont pour valeur que l'argent. En ce qui vous concerne, quelle place accordez-vous à l'argent ? Justifiez votre réponse lors d'un débat organisé en classe.

Questions de synthèse

Sur l'ensemble de l'œuvre

Le titre et le sous-titre

1 **a.** Que signifie le prénom Zadig ?
b. Qu'est-ce que la destinée ? Donnez un synonyme de ce nom commun.
c. Pourquoi avoir fait suivre le titre *Zadig* du sous-titre *La Destinée* ?

L'énonciation

2 **a.** *Zadig* est-il présenté dans l'*Épître dédicatoire* comme une œuvre de Voltaire ? Justifiez votre réponse.
b. Dans quelle langue *Zadig* est-il censé avoir été écrit ?
c. Quelle peut être selon vous la raison de cette mise en scène ?

Le narrateur, le point de vue, la composition

3 **a.** Quel est le statut du narrateur dans *Zadig* ?
b. Quel est le point de vue dominant utilisé par le narrateur ? Justifiez votre réponse.
c. Quel autre point de vue le narrateur adopte-t-il par moments ? Citez-en un exemple. Quel est l'effet produit ?

4 **a.** Combien de chapitres l'ouvrage comporte-t-il ?
b. Chaque chapitre forme-t-il un récit indépendant ? Y a t-il continuité d'un chapitre au suivant ? Justifiez vos réponses.

5 Le conte de *Zadig* comporte trois étapes :
chapitres 1 à 8 ; chapitres 9 à 16 ; chapitres 17 à 19.
Donnez un titre à chacune de ces étapes.

Le cadre spatio-temporel

6 Montrez, à partir d'indices tirés de l'*Épître dédicatoire*, qu'il est difficile de situer avec précision l'époque de l'action.

7 **a.** Dans quelle ville et sous quel roi l'histoire de Zadig débute-t-elle ? Dans quelle ville se termine-t-elle ?

b. Dans quels différents lieux Zadig se rend-il ? Situez-les sur la carte (p. 16-17).
c. Où la ville antique de Babylone se situe-t-elle aujourd'hui : en Syrie ? en Irak ? en Iran ? Comment s'appelle le fleuve qui coule dans cette ville ?

Les ingrédients du conte

8 En quoi peut-on dire que *Zadig* présente des éléments caractéristiques du conte traditionnel ?

L'orientalisme

9 **a.** Pourquoi Voltaire a-t-il situé son conte en Orient ?
b. Relevez dans l'ensemble du conte quelques noms à consonance orientale ainsi que quelques termes ou expressions destinés à faire « orientaux ».

Le personnage de Zadig

La caractérisation du personnage

10 Quelles sont les principales qualités de Zadig ? A-t-il des défauts ?

Son parcours

11 Que recherche Zadig ? En quoi sa quête est-elle philosophique ?

12 **a.** Montrez, en donnant des exemples pris dans les chapitres 1 à 8, que ni l'amour, ni la science, ni la philosophie, ni la vie mondaine, ni les honneurs de la cour n'ont contribué à satisfaire pleinement la quête de Zadig.
b. Quels sont les différents malheurs que rencontre Zadig dans les chapitres 9 à 17 ?

13 **a.** Montrez, en citant des exemples, que les moments heureux et les moments malheureux alternent dans son parcours.
b. Faites la liste des personnages qui sont pour lui des adjuvants et de ceux qui sont pour lui des opposants.

14 **a.** Citez les principaux passages qui posent le problème du mal et de la destinée. À partir de ce relevé, dites comment évolue la réflexion de Zadig dans sa quête du bonheur.
b. En quoi Zadig a-t-il changé à la fin de son parcours ?

La visée philosophique

15 En quoi le conte philosophique se démarque-t-il du conte traditionnel ?

16 Quelle est la visée philosophique de *Zadig* ?
a. Dites en quoi *Zadig* se présente comme une satire :
- de la justice ;
- du pouvoir et de la cour ;
- de la religion et du fanatisme religieux ;
- des passions humaines (jalousie, envie, cupidité) ;
- de certaines femmes.

b. Dites en quoi le conte de *Zadig* tente de répondre au problème du mal et du sens de la vie (appuyez-vous sur la question 14. a.).

Les armes de la satire : la parodie et l'ironie

17 Qu'appelle-t-on une parodie ? En quoi Voltaire dans *Zadig* fait-il la parodie :
- du conte oriental ?
- des romans d'amour et d'aventure ?
- du style biblique ?

Donnez quelques exemples.

18 Qu'est-ce que l'ironie ? Donnez quelques exemples qui montrent que Voltaire se sert de l'ironie comme arme de la satire.

Index des rubriques

Écrire

Se documenter

Enquêter

Débattre

Étudier une image

Comparer

Mettre en scène 121

Leçons

Table des illustrations

2 ph © Lauros-Giraudon/Bridgeman
6 ph © Archives Hatier
9 ph © Giraudon/Bridgeman
10 ph © Archives Hatier/Roger-Viollet
21 ph © Archives Hatier. Vandamme D.R
27 ph © Roger-Viollet
35 ph © Cordon Art, Baarn, Holland,
All right reserved/M.C. Escher
49 ph © J.G. Berizzi/RMN
52 ph © Giraudon/Bridgeman
60 ph © Amnesty International
73 ph © Archives Hatier
77 ph © Giraudon/Bridgeman
92 ph © Archives Hatier
110 Illustration pour *Zadig*, édition de 1849
ph © Archives Hatier
119 ph © Archives Hatier
135 ph © Archives Hatier
145 ph © Giraudon/Bridgeman
149 ph © Giraudon/Bridgeman

et 11, 14, 15, 22, 23, 24, 25, 29, 30, 36, 37, 38, 39, 45, 46, 57, 58, 59, 60, 66, 67, 68, 69, 74, 75, 76, 77, 82, 83, 95, 96, 97, 98, 99, 108, 109, 110, 120, 121, 127, 128, 129, 137, 138, 143, 144, 145, 154, 155 (détail, lithographie originale de Marius Petit) ph © Archives Hatier.

Iconographie : Hatier Illustration avec la collaboration d'Édith Garraud

Cartographie : Domino

Graphisme : mecano-Laurent Batard

Mise en page : ALINÉA

Imprimé en France par l'imprimerie Hérissey à Évreux - N° 102097

Dépôt légal n° 44993 - juin 2006